Nathacha Appanah est née en 1973 à Mahébourg (île Maurice). Elle vit à Paris et travaille pour une ONG. En trois romans, *Les Rochers de Poudre d'Or* (prix RFO 2003), *Blue Bay Palace* (Grand Prix littéraire des océans Indien et Pacifique 2004), *La Noce d'Anna* (Prix grand public du Salon du livre 2006), Nathacha Appanah a imposé une œuvre puissante, proche d'Arundhati Roy et de J.M. Coetzee. Son dernier roman, *Le Dernier Frère*, a reçu le prix Fnac 2007.

Les Rochers de Poudre d'Or
prix RFO 2003
Gallimard, 2003
et « Folio », n° 4338

Blue Bay Palace
Grand Prix littéraire des océans Indien et Pacifique 2004
Gallimard, 2004

La Noce d'Anna
Prix grand public du Salon du livre 2006
Gallimard, 2005

Nathacha Appanah

LE DERNIER FRÈRE

ROMAN

Éditions de l'Olivier

TEXTE INTÉGRAL

ISBN 978-2-7578-1004-0
(ISBN 978-2-87929-569-5, 1ʳᵉ publication)

© Éditions de l'Olivier, 2007

1

J'ai revu David hier. J'étais dans mon lit, j'avais l'esprit vide, le corps léger, juste une douce pesanteur là, entre les yeux. Je ne sais pourquoi j'ai tourné la tête vers la porte, David n'avait pas fait de bruit pourtant, non il n'avait pas fait de bruit, ce n'était pas comme avant quand il marchait et courait un peu de guingois, et je m'étonnais toujours que son corps maigre, ses jambes et ses bras longs et fins comme les roseaux qui poussent au bord des rivières, son visage perdu dans ses cheveux doux et aériens telle l'écume des vagues, je m'étonnais toujours que tout ça, cet ensemble de choses petites et douces et inoffensives, fasse autant de bruit sur le sol quand David marchait.

David était appuyé contre le chambranle. Il était grand, ça m'a étonné. Il portait une de ces chemises de lin qui, même de loin, font envie par leur douceur et leur légèreté. Il avait pris une pose nonchalante, les pieds légèrement croisés, les mains dans les poches. Une sorte de lueur tombait sur une partie de ses cheveux et ses boucles brillaient. Je l'ai senti heureux de me voir, après toutes ces années. Il m'a souri.

C'est peut-être à ce moment-là que j'ai compris que je rêvais. Je ne sais d'où ça vient, ce sursaut du conscient, je me demande pourquoi, parfois, le réel surgit dans le songe. Cette fois-là, ce sentiment diffus m'a été très désagréable et j'ai lutté pour me persuader que David était bien là, qu'il attendait simplement et patiemment que je me réveille. Je me suis dit, tiens je vais le taquiner, lui dire quelque chose comme tu fais le beau, tu fais l'acteur, mais je n'ai pas pu sortir un son. Avec des efforts surhumains, j'ouvrais grand la mâchoire, j'essayais, j'essayais mais en vain, ma gorge se desséchait, c'est incroyable comme cette impression était réelle, l'air rentrait par goulées dans ma bouche grande ouverte et asséchait tout à l'intérieur. J'ai senti à ce moment que j'allais me réveiller et j'ai pensé que si je me tenais tranquille, le rêve durerait. Je suis donc resté dans mon lit, j'ai refermé la bouche, j'ai continué à regarder vers la porte mais je n'ai pu arrêter la tristesse qui est montée de mon cœur.

À l'instant précis où ce chagrin a fondu sur moi, David s'est avancé. Il a eu un mouvement tout en souplesse pour détacher son épaule du cadre de la porte, il a gardé les mains dans les poches et a fait trois pas. J'ai compté. Trois pas. David était grand, fort, adulte, beau, si beau. J'ai vraiment su alors que je rêvais et que je n'y pouvais rien. La dernière fois que je l'avais vu, il avait dix ans. Et pourtant mon David était devant moi, là. Une tendresse incroyable émanait de lui, quelque chose d'indéfinissable que j'avais ressenti à des moments précieux dans ma vie : quand j'habitais dans le Nord, que j'étais petit et que j'avais mes deux frères ; quand j'ai passé ces quelques jours d'été avec lui, en 1945.

Dans mon lit, allongé comme cela, j'ai eu un peu honte. Je n'étais pas une figure de songe. Pour moi, il y avait eu soixante longues années depuis David et, écrasé dans mon lit, j'en ressentais chaque journée. Pendant tout ce temps, je n'avais jamais rêvé de lui. Même au début, quand je pensais à lui tous les jours, qu'il me manquait à en pleurer, à en mourir, il ne m'était jamais apparu en rêve. Si seulement il était venu avant, quand j'étais un peu comme lui, jeune et fort. Moi aussi, je pouvais me tenir comme cela, la tête haute, les mains dans les poches, le dos droit. Moi aussi, je pouvais faire le beau, faire l'acteur.

En tendant le cou, en me relevant un peu sur les coudes, j'aurais pu mieux distinguer son visage, mais j'avais peur de bouger. Je voulais que le rêve dure, qu'il continue, je souhaitais que David s'approche de lui-même. Je calculais : encore deux pas, il serait à portée de main, à portée de vue. Je pourrais enfin le regarder dans les yeux. Je pourrais me lever d'un coup, lui donner une bourrade amicale, le serrer dans mes bras, tout ça rapidement, avant que je me réveille, prendre le rêve par surprise en quelque sorte. Aurait-il encore cette dent cassée, devant, cette dent qui avait ripé contre le sol quand je l'avais lâché alors qu'on faisait l'avion ? Je le tenais tendu à l'horizontale, les mains vers l'avant. Il criait et riait tandis que je m'élançais sur plusieurs mètres. Il était si léger, mais j'ai trébuché. David riait encore à terre et c'est moi qui ai vu d'abord son sourire cassé, ses lèvres en sang mais il riait encore. Il adorait faire l'avion, il voulait recommencer et n'avait pas de temps pour pleurer sur lui-même. Sinon, avec tout ce qu'il avait vécu du haut de ses dix ans, il aurait pleuré du matin au soir, je crois.

On dit qu'on rêve de choses étranges quand on est près de mourir. Ma mère a rêvé longtemps que mon père lui apparaissait, vêtu de son ensemble marron, prêt pour aller travailler et qu'il lui disait viens avec moi, j'ai besoin de toi. Ma mère, dans son rêve, refusait net et sec, me disait-elle, une pointe d'effroi dans la voix, elle qui ne lui avait jamais refusé grand-chose de son vivant. Je me demande si la nuit où ma mère est morte dans son sommeil, je me demande si, cette nuit-là, elle n'en a pas eu assez de dire non et n'a pas suivi mon père dans les ténèbres.

Mais David, lui, ne m'a rien dit, il est resté là, à me regarder patiemment, entre ombre et lumière. La poussière suspendue dans les premières lueurs m'a fait étrangement penser à des paillettes. C'était finalement agréable, un rêve triste et délicieux à la fois, il y avait une lumière couleur lilas dans la chambre et je me suis dit qu'il pourrait facilement me porter maintenant. Je suis devenu un homme frêle et vieux et si on refaisait l'avion et qu'il me lâchait par mégarde, comme moi je l'ai lâché il y a plus de soixante ans, tout mon corps se briserait.

Soudain, j'en ai eu assez d'attendre, j'ai avancé la main vers lui et c'était le matin, ma chambre vide, la lumière éclatante, David disparu, le rêve évanoui, ma main tendue, hors des draps, engourdie, glacée et mon visage baigné de larmes.

*

J'ai téléphoné à mon fils peu après mon petit déjeuner. Je lui ai demandé s'il pouvait me conduire à Saint-Martin, il a dit bien sûr, quand tu veux, je viens ce midi. Mon fils est son propre patron, il n'a pas le temps de faire grand-chose d'autre que travailler, il n'est pas marié, il n'a pas d'enfants, il se promène peu, il se repose à peine. Mais pour moi, ces dernières années, il semble avoir tout son temps. C'est parce que je suis vieux, que je suis la seule famille qui lui reste et qu'il a peur.

À midi pile, mon fils était là et j'étais prêt depuis une bonne heure. Quand on vieillit, on prend de l'avance pour tout tellement on craint de ne pas y arriver et après, on s'ennuie à attendre les autres. J'ai mis un pantalon noir, une chemise bleue et une veste légère. Comme autrefois, j'ai glissé dans la poche intérieure de ma veste un petit peigne beige à dents serrées et un mouchoir blanc soigneusement plié. J'ai aussi pris la petite boîte rouge que j'ai gardée à la main. J'ai pensé en souriant que je donnais l'impression d'un homme sur le point de faire une demande en mariage. J'aurais voulu cirer mes chaussures mais cette entreprise m'épuise rien que de l'envisager. Alors je me suis assis et j'ai frotté du mieux que j'ai pu les deux côtés de mes chaussures sur le tapis du salon, ça faisait un bruit qui m'endormait un peu. Quand j'ai entendu le ronflement du moteur de la voiture devant la grille, je me suis levé et j'ai attendu mon garçon, appuyé sur ma canne, comme au garde-à-vous.

C'est une nouvelle voiture, toute grise et éclatante. Gris métallique, précise mon fils avec fierté. Il ne dit rien sur ma tenue, il m'aide à m'asseoir, attache la ceinture de sécurité pour moi, la règle pour qu'elle ne me serre pas, pose ma canne sur le siège arrière et à chaque fois que nos yeux se rencontrent, il m'adresse un grand sourire qui lui tire les joues vers les oreilles et lui plisse les yeux.

Pendant un moment, il me parle de son travail, il est dans l'informatique mais c'est difficile de parler d'ordinateurs avec un vieux comme moi qui n'y comprend strictement rien. Alors, il me parle de ses employés, des jeunes qu'il forme et qui le quittent très vite parce que, dit mon fils, c'est comme ça le métier d'informaticien, ça bouge. Quand je lui précise qu'on va au cimetière de Saint-Martin, il dit d'accord papa, pas de problème. Ce n'est probablement pas une surprise pour lui que j'aille au cimetière. La plupart de mes amis sont morts à présent, nous sommes de ceux qui ont eu des vies pénibles et travailleuses et forcément, nous mourons tôt, cassés et plutôt pressés d'en finir.

Mon fils met de la musique classique, vérifie que les vitres sont bien remontées, règle la température de la voiture à vingt degrés, ne dépasse pas la vitesse autorisée et, à chaque coup de frein un peu brusque, il tend le bras pour me protéger. Je voudrais lui dire de ne pas avoir si peur pour moi, si peur pour lui.

À Saint-Martin, nous roulons sur un chemin de terre et de sable où de grands acacias ont jeté des centaines de coques minuscules. La voiture cahote et c'est cela qui réveille. Cela fait longtemps que je sais que David est dans ce cimetière, avec les autres, qui sont morts de fatigue, de dysenterie, de malaria, de typhus, de tristesse, de folie. Pendant les premières années où le souvenir de David ne me quittait pas un instant, j'étais trop jeune pour venir ici et affronter cela. Après, je m'étais donné des dates pour y aller – mon anniversaire, la date de sa mort, le nouvel an, Noël – mais je ne venais jamais. Il faut croire que je n'en avais pas eu le courage et franchement, je pensais que je n'y arriverais jamais. Et voilà, aujourd'hui, parce que j'ai rêvé de David, ça me semble facile, évident, je n'ai pas peur, je ne suis pas triste.

Le cimetière est très bien entretenu. Un mur bas de briques rouges, comme pour les maisons anglaises, l'entoure. Les tombes surmontées de l'étoile de David sont alignées par rangées de dix, face à la mer bleu électrique – métallique, dirait peut-être mon fils. Avec les arbres autour, on a l'impression que ces étoiles attendent que descende le ciel. À neuf ans, j'étais persuadé que David me faisait marcher quand il m'avait dit que l'étoile qu'il portait au cou s'appelait comme lui. J'étais vexé. Tu me prends pour un gaga, lui avais-je répliqué, en haussant la voix. Mais alors, que savais-je moi, à neuf ans, des Juifs et de l'étoile de David ?

Mon fils m'aide à descendre, me tend ma canne et je m'avance, seul. Je repère la tombe de David sur le plan à l'entrée. Mon fils est dans la voiture à nouveau, je sais qu'il me regarde mais je retire quand même le peigne de ma poche et coiffe ma tignasse grise et épaisse qui ne s'est ni affinée ni affaiblie avec l'âge. Je me redresse, je referme les deux premiers boutons de ma veste, aligne les poignets de ma chemise et j'avance. David est à l'est, le matin, il doit être un des premiers à recevoir le soleil. Je marche lentement, j'essaie de faire durer l'attente, comme cette nuit où j'ai essayé de faire durer le rêve. Je lis les plaques sur les tombes, les images se bousculent dans ma tête, mes souvenirs remontent avec une telle force que je sens leur poids sur ma poitrine, je vois leurs couleurs dans mes yeux, leur goût me vient à la bouche et je dois ralentir, prendre une longue inspiration, déglutir et les calmer.

Et tout à coup, brutalement, j'ai le souffle coupé, je croyais être prêt, après soixante ans, je pensais pouvoir affronter cela, oh David! Comme j'aurais aimé m'être trompé, j'aurais tellement préféré que ce soit autrement, j'aurais souhaité ne jamais voir cela.

David Stein
1935 – 1945

La tombe est pareille aux autres et j'imagine avec tristesse son petit corps d'enfant et ses cheveux blonds dans ce grand tombeau. Il a dix ans, à jamais. Encore une fois, c'est moi qui ai survécu et je me demande bien pourquoi. J'ai mené une vie simple, je n'ai rien fait d'extraordinaire…

Je m'agenouille, mes os craquent, des élancements de douleur éclaboussent mon corps et la décrépitude que j'entends à l'intérieur de moi me ferait presque plaisir. Enfin, *enfin*, ce sera bientôt mon tour. Avec mon mouchoir, j'enlève la poussière et le sable sur le granit noir. Quand c'est propre et bien luisant, j'y dépose la petite boîte rouge qui contient son étoile de David. Je fais comme ça, comme dans mon rêve : je tends la main vers David, je ferme les yeux et je me souviens.

2

Jusqu'à l'âge de huit ans, j'ai vécu dans le nord du pays, au village de Mapou. Ce n'était pas un village comme il en existe maintenant, avec des maisons propres, des toits aux couleurs éclatantes, des chemins de terre bien tassée ou d'asphalte bordés de haies de bambous élégamment taillés, des grilles en bois peintes qui s'ouvrent sur des cours accueillantes, des fleurs, des potagers, des fruitiers, de la lumière et des jeux d'ombres partout. Quand j'y pense maintenant, et je peux sans efforts me souvenir de ces années-là, l'endroit où nous habitions ressemblait plutôt à un taudis.

À la lisière de l'immense champ de canne d'un vert ondulant sur la propriété sucrière de Mapou, commençait une série dégingandée de boxes, de huttes, de soi-disant maisons faites de tout ce qui tombait entre les mains de nos aînés et que l'on appelait le «camp». Branches, bûches, bouts de bois, souches, feuilles de canne, brindilles, bambous, paille, palets de bouse de vache séchée, l'imagination de ces gens-là était infinie. Je ne sais pas comment j'ai survécu à la vie dans le camp, comment le petit garçon frêle et peureux que j'étais a pu traverser ces huit longues années. Ici, dès qu'un enfant tombait malade, la famille préparait tout de suite son lit mortuaire et, en règle générale, elle avait raison, la mort suivait la maladie, systématiquement, inexorablement.

Le camp s'élevait sur un terrain où rien ne poussait car des rochers énormes gisaient en dessous et parfois, au cours de la nuit, grandissant comme des plantes, ils fendaient un peu la terre rougeoyante. Suffisamment pour éclater le pied de ceux qui se levaient avant l'aube ou des enfants qui couraient imprudemment. Alors, celui qui se blessait alertait les autres et un bambou ou une branche surmontée d'un bout de tissu, servait d'avertissement. Je me souviens de notre camp comme cela, jonché de piquets d'alerte et nous faisions avec, serpentant et enroulant nos vies et notre chemin autour.

Les jours de soleil, c'est-à-dire neuf mois par an, de cette terre se soulevait une poussière rouge et âcre, qui nous obsédait tous. Et malheur si le vent se levait car la montagne de l'autre côté nous renvoyait, comme une balle, le souffle hurlant gorgé de cette cendre qui venait tournoyer autour de nos pauvres maisons et qui ne semblait vouloir qu'une chose : nous ensevelir une bonne fois pour toutes.

Mais il ne fallait pas prier pour la pluie. Même dans ces moments de furie où cette poussière nous rentrait par tous les pores, où elle s'amassait en croûtes autour de nos bouches et de nos yeux, se tassait en fines lignes sous nos ongles, même quand le matin nous crachions une bile brunâtre et que nos maigres repas finissaient par avoir le goût de cette scorie sèche et âpre, il ne fallait pas prier pour la pluie. Car ici, à Mapou, la pluie qui scintille et tombe du ciel, si fine et douce qu'elle pourrait presque chatouiller, la pluie qui rafraîchit et pour laquelle on remercie le ciel, cette manne-là n'existait pas. À Mapou, la pluie était un monstre. On la voyait prendre des forces, accrochée à la montagne, comme une armée regroupée avant l'assaut, écouter les ordres de combat et de tuerie. Les nuages grossissaient de jour en jour, si lourds et goulus que le vent qui nous faisait tituber, au sol, n'arrivait plus à les chasser. Nous levions les yeux vers la montagne, quand la poussière nous donnait un répit et les soupirs de nos aînés nous préparaient au pire.

Cette terre qu'on aurait pu croire assoiffée par tant de jours de soleil, rompue par le vent, travaillée de l'intérieur par les rochers brûlants, cette terre ne nous sauvait pas pour autant. Quand les premières gouttes de pluie s'abattaient sur le camp, elle l'absorbait pendant un court moment et devenait tendre et légère. On pouvait y enfoncer le pied, je me souviens de cette sensation tiède autour des orteils, et nous rêvions d'une terre fertile, de légumes chargés de sève, de fruits gorgés de jus. Mais cela ne durait pas longtemps. Même nous, les enfants, qui jouions dans ce premier bouquet d'eau, nos visages lavés de la poussière rouge, même nous, nous cessions nos jeux pour nous réfugier dans nos maisons. Très vite, la terre était repue et les gouttes rebondissaient comme des milliers de puces avec un crépitement insoutenable. C'était le signal qu'attendaient les plus gros nuages. Ils éclataient dans un éclair aveuglant, le tonnerre faisait trembler la terre et nous finissions par regretter les jours secs et la poussière rouge.

En peu de temps, une coulée de boue, chargée de rats morts piégés par la pluie en amont dans le champ de canne, envahissait le camp. Quelques cases chancelaient et leurs occupants hurlaient de terreur, se réfugiaient chez le voisin. Dans notre maison, dans l'unique pièce qui nous servait de maison je veux dire, nous restions assis, prostrés, regardant les gouttes suinter inévitablement du plafond, priant que les murs tiennent. Nous entendions des craquements, des grincements, des coups de tonnerre, des tambourinements, des cris. Nous ne bougions pas, les genoux ramenés contre la poitrine, la tête enfoncée dans les épaules, nous attendions en priant. Quand, enfin, le silence revenait avec le soleil qui semblait ignorer le déluge tant il brillait intensément, il fallait tout recommencer. Reconstruire, tout laver, chercher et forcément, pleurer un disparu pour les plus malchanceux.

Au milieu du champ de canne se dressait l'usine sucrière de Mapou et sa cheminée crachait, plusieurs mois par an, une vapeur épaisse qui se mouvait audessus de nous avec lenteur et volupté. J'aimais sa fumée blanche, pulpeuse, avec ses bords arrondis comme dessinés par une main aimante et j'ai longtemps souhaité y passer le reste de ma vie. J'étais persuadé qu'on pouvait y être très heureux, lové en elle et bondissant dans ses volutes. Tous les hommes du camp, mon père compris, allaient travailler dans le champ de canne. Ma mère, elle, travaillait avec plusieurs autres femmes dans les demeures des « patrons », comme on disait. Les patrons étaient les propriétaires et les cadres de l'usine. Mon père partait très tôt et ma mère quittait notre case deux heures plus tard. Ma mère rentrait en fin d'après-midi et mon père, lui, eh bien, il rentrait quand il rentrait, toujours saoul, tremblant et bégayant, lançant ses bras et ses pieds comme une marionnette désarticulée.

J'avais un frère d'un an mon aîné, que j'aimais pardessus tout au monde, et un petit frère d'un an mon cadet, qui m'aimait, je crois, par-dessus tout au monde. Anil et Vinod. Et moi, Raj.

Je me souviens d'avoir été constamment dans les pieds d'Anil et que Vinod, à son tour, a été dans les miens. Dans le camp, dès qu'un enfant savait marcher ou comprenait à peu près ce que vous lui disiez, il cessait d'être un enfant, il avait un rôle à remplir, des tâches à accomplir. Mon premier souvenir est très clair dans ma tête. Je ne sais pas ce qu'Anil avait fait ou n'avait pas fait, mais mon père lui tient la tête dans le creux de son bras et de l'autre, il fait siffler sur les fesses de mon frère une tige de bambou très vert, avec des nervures et des nœuds et un bout très effilé. Ma mère pleure près de la porte, les mains sur les oreilles, et soudain, à côté de moi, Vinod se jette sur mon père, tentant de lui arracher le bambou, et mon père, d'un coup de coude, projette mon petit frère de l'autre côté de la pièce et ma mère accourt. Je ne vois pas le visage d'Anil de là où je suis mais j'ai le souvenir qu'il se tient à la merci de mon père, que les seuls pleurs que j'entends sont ceux de ma mère d'abord, ceux de Vinod ensuite et que lui, mon grand frère, ne pleure pas.

Plus tard, quand j'étais adulte, que mon père était déjà mort, que mon fils était déjà adolescent, j'avais raconté cette histoire à ma mère. Elle doutait que ce souvenir soit le mien, j'étais trop petit, disait-elle, à peine quatre ans. Elle pensait que j'avais dû l'entendre de la bouche d'Anil, mais je sais que c'est mon premier souvenir du camp de Mapou. Cette scène où je me tiens en spectateur et où mon plus jeune frère, âgé de trois ans, vient défendre Anil alors que c'est moi qui aurais dû le faire. *Moi.* Quand je repense à ce premier souvenir de ma vie, j'ai aussi l'impression que je me tiens à carreau parce que j'ai quelque chose à me reprocher, que c'est moi qui devrais être sous les coups de bambou, pas Anil. C'est étrange, je me souviens de la couleur de la terre du camp, de la façon dont celle-ci lâchait cette poussière âcre, je me souviens de la pluie, je me souviens de la montagne, au bout du camp, après la rivière, cette masse noire qui se découpait contre le ciel, la nuit, et nous barrait les étoiles. Je me souviens de tout cela mais je ne me souviens pas de ce que j'ai fait ce jour-là pour qu'Anil prenne des coups comme ça.

Enfant, j'étais faible. Des trois frères, j'étais celui qui avait le plus peur, celui qui était toujours un peu malade, celui qu'on protégeait le plus de la poussière, de la pluie, de la boue. Et pourtant, c'est moi qui ai survécu à Mapou.

Parmi nos nombreuses tâches au camp, celle à laquelle nous ne rechignions jamais était l'acheminement de l'eau. La rivière coulait à quelques centaines de mètres du camp et nous savions que, contrairement aux autres enfants du camp, nous avions de la chance. Certains accompagnaient leur père au champ, d'autres devaient creuser et entretenir des tranchées pour évacuer l'eau en prévision du prochain déluge, nous, nous allions à la rivière.

Au bout du camp, il y avait un petit bois que nous traversions par un sentier à peine tracé dans les broussailles. Anil ouvrait la marche, Vinod la fermait, j'étais, une fois encore, le plus protégé des trois. Ce sentier me semblait merveilleux. Il y avait sur la route des fraises sauvages et l'été, les mûres grossissaient sur les arbustes. Des papillons venaient se poser tout près et nous nous arrêtions pour les regarder, émerveillés par leurs couleurs entremêlées et je suis sûr que chacun d'entre nous, à ce moment-là, rêvait de se transformer en papillon : se vêtir de couleurs, s'alléger et s'envoler.

Anil marchait toujours avec un bâton tordu vers le haut en un U dans le creux duquel il laissait parfois reposer sa main. C'était une branche de camphrier qui avait senti très fort pendant un moment mais qui, après, était devenue un simple bâton de gamin. Il taquinait les herbes devant lui pour éloigner les couleuvres qui nous effrayaient, Vinod et moi. Anil adorait ce bâton. C'était, après tout, la seule chose qui lui appartenait vraiment, qu'il ne devait partager avec qui que ce soit, qui ne représentait ni un danger ni une convoitise et personne ne pouvait le lui réclamer.

Nous entendions la rivière avant même de la voir et parfois, à ce moment-là, Anil se retournait pour nous sourire doucement et je me retenais de bondir et de courir. Nous y allions à une heure où nous étions sûrs de ne rencontrer personne. C'était une rivière qui descendait de la montagne et même petit, je me rendais compte de la pureté de son eau qui sortait des hauteurs, des nuages peut-être, qui était d'une clarté aveuglante et qui, selon Vinod, avait un léger goût sucré. Cette rivière était notre éden et nous passions de l'enfer de notre camp au paradis par le petit bois que nous traversions avec cérémonie presque tous les jours.

Nous avions, à nous trois, six seaux à remplir et nous retardions le moment où il fallait rentrer au camp. Nous attrapions les petits poissons qui essayaient de nager contre le courant, nous nous regardions dans l'eau et aujourd'hui, quand je pense à mes frères, je vois nos trois visages qui se reflètent dans la rivière, brouillés un peu par les rides au-dessus de l'eau : Anil à ma gauche, Vinod à ma droite et nous nous ressemblons tant avec nos cheveux noirs grossièrement coupés, nos yeux gonflés par la poussière, nos cous maigres et nos dents qui semblent trop grandes pour nous, tellement nos joues sont creusées, et cette façon que nous avons, tous les trois, de nous regarder à tour de rôle et de rire.

C'est Anil qui donnait le départ et nous ne discutions pas. Nous remplissions les seaux à ras bord et nous commencions le retour, qui était beaucoup moins agréable que l'aller. Anil nous avait appris à marcher souplement, pour renverser le moins d'eau possible. Les anses en fer rentraient dans la chair de nos paumes et nous serrions les dents. Anil coinçait son bâton sous le bras et jamais il ne le lâchait.

Quand ma mère revenait du travail, la maison devait être nettoyée, la terre devant la porte tassée du mieux possible, l'eau dans la barrique, les fagots alignés pour le feu, les ballots de feuilles séchées bien attachés et nous sagement assis. Le soir tombait vite, les hommes rentraient du champ et commençait alors une autre vie pour nous et notre pauvre mère, remplie de cris, de relents d'alcool et de pleurs.

Tous les hommes du camp buvaient, je ne sais ni où ni comment ils achetaient cette boisson puisque personne ne mangeait à sa faim. Nous avalions du pain plat que nos mères faisaient cuire, des herbes fricassées, des légumes parfois et buvions du thé trop bouilli tous les jours. Mon père n'était pas meilleur ou pire que les autres. Il hurlait des choses que nous ne comprenions pas, chantait des chansons devenues incompréhensibles tant sa langue était lourde et gonflée d'alcool et nous prenions des coups si nous ne chantions pas comme il le souhaitait. Souvent, nous nous retrouvions dehors, serrés contre ma mère et nous n'étions pas la seule famille dans ce cas-là.

Que dire de plus sur ces nuits au camp ? Je n'avais pas l'impression d'être plus malheureux qu'un autre, mon univers commençait et s'arrêtait ici, pour moi, le monde était fait ainsi, avec des pères qui travaillaient du matin au soir et rentraient chez eux, saouls, pour malmener leur famille.

L'année de mes six ans, mon père m'a mis à l'école. Seuls quatre enfants du camp y allaient et pour nous, les trois frères, l'école était, avec la rivière et les vapeurs de l'usine, un autre pendant du paradis. Mais mon père avait décidé de m'y inscrire seul, sans Anil, sans Vinod et c'était la pire des punitions pour moi. J'ai pleuré, j'ai hurlé, j'ai crié, j'étais insensible aux coups de bambou, aux claques et aux menaces de mon père et, par-dessus tout, j'étais insensible aux supplications de ma mère. Elle me regardait avec des yeux humides et me disait Raj, je te le demande, fais-le pour moi, va à l'école.

À cette époque, les enfants ne gagnaient jamais. Je suis, évidemment, allé à l'école. Il n'y avait que deux classes, l'une pour les petits, les débutants comme moi, et l'autre pour ceux qui savaient, en théorie, lire, écrire et compter.

On m'a donné une ardoise sur laquelle je pouvais écrire à la craie et je dois avouer que ma peine immense s'est atténuée devant ce monde inconnu qu'étaient l'école et l'instruction. Je partais à sept heures du matin et mes deux frères m'accompagnaient jusqu'au bout du camp, à l'opposé de la montagne. Je devais contourner le champ, les classes se trouvant un peu en retrait de l'usine. Parfois, le temps de cette marche, une bonne demi-heure, j'imaginais que nous étions tous les trois en route pour l'école et que devant nos yeux s'étaleraient bientôt les cartes où le monde nous était expliqué, dessiné et écrit. Sur l'une d'elles, il y avait un homme vêtu d'un pantalon, d'une chemise à manches courtes, il avait des cheveux ondulés et noirs, un visage doux et un sourire. Au bas de la carte, le mot PAPA. Anil et Vinod auraient pu alors croire ce que je leur racontais : tous les pères du monde ne ressemblaient pas à ceux du camp ou au nôtre.

Mes frères s'arrangeaient pour m'attendre l'après-midi afin d'aller ensemble à la rivière, mais souvent, je rentrais dans un camp vide et toute sa laideur m'apparaissait d'un coup. Je n'avais qu'une envie à ce moment-là : me cacher la tête dans les mains et pleurer. Je la comparais au carton MAISON, une chose belle, blanche, au toit bleu, propre, imperméable à la pluie, solide, si solide avec des murs en dur. Évidemment, dans ces maisons-là, la poussière ne tournoyait pas autour des visages comme une nuée de mouches, la boue ne se glissait pas vicieusement, comme des serpents, dans le moindre espace. Évidemment, dans ces maisons-là, le bambou avec des nervures et des nœuds et le bout très effilé n'était pas appuyé contre le mur, immobile, innocent, inoffensif, mais défiant tous les regards.

À l'école, j'apprenais également la culpabilité. Cette chose insidieuse qui m'empêchait d'être simplement un gosse, de rire à gorge déployée, de jouer avec les autres, de m'asseoir tranquillement pour regarder devant moi. Quand j'étais en classe, ce sentiment me quittait. Mais une fois le cours fini, je redevenais Raj, l'unique frère qui est à l'école. Pourquoi moi ? ne cessais-je de me demander. Je cachais toujours dans mon sac de feuilles de palme séchées la poire séchée distribuée à la pause de la matinée, mais j'étais obligé de boire le lait de vache qu'on nous servait à ce moment-là. Je le buvais lentement, en fermant les yeux, pensant très fort à Anil, à Vinod, les imaginant nettoyant la maison, coupant du bois, attachant les feuilles de canne, courbés, fatigués. Eux n'avaient, pour grandir, que de l'eau sucrée.

Je souhaitais que mon père choisisse un autre de ses fils pour l'éduquer. Mais Anil, bientôt, irait tous les matins avec lui couper les cannes à sucre, il était fort, il avait déjà des muscles qui saillaient sous sa peau, il ne se plaignait jamais et avec sa volonté et sa force de travail, il ramènerait de l'argent, des sous qu'il ne noierait pas dans l'arack et qu'il donnerait cérémonieusement à ma mère. Vinod serait mieux à ma place, mais il était agile, futé et s'il n'avait pas la puissance d'Anil dans les bras et les jambes, il était vif et il ne se plaignait jamais non plus. Moi, je ne servais pas à grand-chose, je toussais la moitié de l'année, je passais mon temps à boire des décoctions d'herbes amères pour évacuer cette toux grasse qui, disait ma mère, habitait en moi et je restais parfois des nuits entières pris de convulsions, et mes pieds devenaient glacés. Quand la toux se calmait enfin, je traînais avec mes frères, avec l'impression d'avoir quelque chose qui me mangeait la poitrine. Mes jambes étaient sans muscles, fines comme des bambous, et souvent Anil me portait comme une chose légère. Je passais mes deux jambes autour de son ventre, mes bras autour de son cou, il me calait dans son dos et mon amour pour lui était immense.

Quand je revenais de l'école et que tout avait été fait sans moi, la culpabilité me rendait hyperactif. Je me précipitais à la recherche de nouvelles feuilles de canne pour le foyer de la cuisine, même si mes frères avaient déjà posé la botte derrière la maison. Je voulais aller chercher de l'eau encore, mais la barrique ne pouvait contenir plus que l'équivalent de six seaux. Je retassais la terre et quand le vent faisait danser la poussière, je restais dans la maison, armé d'un chiffon, repoussant cette cendre qui se posait sur les ustensiles de ma mère, sur nos nattes, et même sur le bambou de mon père, avec des nervures et des nœuds et un long bout effilé. Je luttais en toussant contre ce monstre en moi qui gagnait toujours à la fin, mais qu'importe, j'étais essoufflé, j'avais les bras qui palpitaient de douleur mais je faisais rire mes frères avec mes mouvements de fou fatigué.

Notre vie de boue et de cendre s'est arrêtée peu après le jour de l'an 1944. À la fin de l'année, nous avions eu des vêtements que les femmes des patrons de l'usine sucrière avaient donnés. Des habits que leurs enfants avaient portés, mais cela n'avait aucune importance pour nous, les étoffes, les couleurs et les coupes nous ravissaient. Nous avions tous les trois des chemises blanches et des shorts de tailles et de couleurs différentes. J'avais un short vert, taillé dans une toile douce et si je passais mon doigt dessus, je pouvais sentir dans le tissu les rayures qui ne se voyaient pas à l'œil nu. La chemise me grattait au cou. Anil avait une sorte de bermuda, je le sais maintenant, mais je me souviens que nous n'avions pas cessé de nous moquer de lui, ses mollets sortaient de ce truc long et kaki et nous pensions, à l'époque, que c'était trop grand pour lui. Nous ne connaissions que les shorts et les pantalons, pas les bermudas. Vinod avait un short marron que ma mère avait retenu à la taille par trois épingles.

Nous étions probablement ridicules mais nous nous sentions, comment dire, importants.

Nous avons gardé ces vêtements pendant plusieurs semaines et nous les portions quand nous sommes allés à la rivière cet après-midi-là. Les chemises ne grattaient plus, elles étaient sales, il ne restait qu'une épingle au short de Vinod. Après des semaines de chaleur intense, le ciel était bas, noir, et cachait la moitié de la montagne. Aucun papillon n'est venu vers nous, les buissons étaient secs, le vent faisait naître des minitornades et nous nous arrêtions pour voir les feuilles monter en spirale et redescendre. Nous avons entendu la rivière assez tard et mon grand frère s'est retourné vers nous, en souriant, mais nous n'avons pas pressé le pas comme nous faisions d'habitude.

La rivière était pure et claire, avec un léger goût sucré, comme disait Vinod. En plein été, il lui arrivait d'être mince, d'avoir du mal à contourner les gros rochers gris de soleil qui envahissaient son lit. Nous avons joué un moment puis Anil a décidé de remonter vers la montagne, pour trouver un débit plus puissant. Je me souviens que j'ai jeté un coup d'œil au camp. Juste un rapide coup par-dessus mon épaule et les arbres parmi lesquels on venait de passer m'ont paru maigres et ils dansaient au gré du vent. Nous nous sommes éloignés, nos seaux à la main, Anil devant avec son bâton, Vinod derrière moi et c'est au pied de la montagne que la pluie est soudain tombée.

J'ai soixante-dix ans aujourd'hui et je me souviens comme si c'était hier du tonnerre qui a semblé venir de nos ventres tellement il a résonné en nous. Je me souviens de la peur, au début, du silence irréel qui a suivi le tonnerre, qui a tout figé, même la nature était en attente, et nous, nous n'osions plus bouger. De longues minutes où des gouttes épaisses et si fraîches ont commencé par nous mouiller les cheveux, le visage, et tremper nos vêtements. Je me souviens du brouillard fantomatique qui est monté de la terre quand celle-ci a absorbé les premières gouttes. Nous aimions ce moment-là d'habitude mais là, c'était différent. Je le sentais, mes frères le sentaient. Très vite, des éclairs ont déferlé, d'autres coups de tonnerre ont éclaté et nous nous sommes mis à courir.

Combien de temps avons-nous dévalé comme ça ? Les cailloux secs qui, juste avant, nous écorchaient les pieds avaient disparu, nous foulions une terre glissante, collante, et nous avions du mal à nous en dépêtrer. Le soleil s'était éteint. La pluie dessinait des murs et de la terre montait un rideau de soufre. Devant moi, la chemise blanche d'Anil battait et j'essayais de ne pas lâcher des yeux ce bout de blanc. Il disait allons-y allons-y allons-y et puis, tout à coup, le temps d'un battement de paupières, plus rien. Plus de voix, plus de chemise devant moi. Je me suis arrêté et Vinod m'est rentré dedans. Mon petit frère m'a serré le bras et il a commencé par appeler Anil Anil Anil. Je l'ai imité, ensemble nous hurlions le nom de notre frère aîné, je ne sais combien de temps nous avons crié comme cela, courant dans la boue, sans aucun repère, les yeux fermés par la force du vent et de la pluie et bientôt, mon Dieu, bientôt, il n'y avait plus que ma voix qui criait Anil Anil et puis, Anil, Vinod, Anil, Vinod. Je hurlais de toutes mes forces, mais le vent, la pluie, le tonnerre, les éclairs, le grondement de la coulée de boue qu'était devenue notre rivière adorée couvraient ma voix et ne me laissaient aucune chance.

Cinq jours plus tard, les hommes du camp ont retrouvé Vinod, sans chemise, la tête coincée derrière un rocher. Ce n'est pas facile quand on est un gamin de huit ans de voir son petit frère qui l'aimait par-dessus tout au monde la tête éclatée par je ne sais quoi, les doigts des pieds et des mains arrachés par les cailloux qui ont dévalé la montagne, le corps éreinté d'être resté cinq jours coincé derrière un rocher, à la merci d'une rivière que nous aimions tant, cette rivière qui avait, pour lui, un léger goût sucré, et qui était devenue un torrent de boue, de caillasses, de rochers. On l'a incinéré le jour même, tous les préparatifs de la cérémonie sont apparus comme par magie : le brancard en bois de camphrier, le drap blanc, les guirlandes de fleurs, l'encens, le prêtre avec son gros point rouge sur le front et son livre de versets sacrés dans les mains.

Le corps d'Anil n'a jamais été retrouvé. Quelques jours après, au cours d'une dernière battue avec les habitants du camp, j'ai découvert son bâton. Il était là, à la sortie du petit bois et je l'ai reconnu grâce à son extrémité en U. J'y ai laissé reposer ma main et je ne pourrai jamais dire combien mon frère aîné m'a manqué à ce moment-là. La rivière était redevenue claire et pure et pendant que les hommes cherchaient le corps d'Anil, j'ai balancé son bâton dans le cours d'eau. Je ne sais pas pourquoi j'ai fait cela, je n'avais pas prévu ce geste mais c'était, je l'ai dit, la seule chose qui appartenait vraiment à mon frère aîné. Le bâton a dévalé la rivière, s'est coincé plusieurs fois contre des rochers, mais il a disparu, lui aussi. Je me suis penché comme avant vers le miroir de l'eau et je n'ai vu qu'un visage creusé, des yeux exorbités et une grimace. Un puits sans fond s'est ouvert en moi et je sais que je ne me suis pas jeté dans cette image solitaire, dans ce reflet maigre et malheureux afin de l'effacer, je sais que je n'ai pas fait cela parce que derrière moi, ma mère courait, m'appelant de mon prénom à tue-tête, appelant le seul fils qui lui restait.

Nous sommes restés exactement trois jours de plus dans le camp de Mapou. Un matin, tandis que l'aube commençait à teindre la montagne de bleu et que le ciel s'allumait doucement, ma mère m'a pris par la main et nous avons suivi mon père vers Beau-Bassin. Je ne me suis pas retourné vers Mapou, le camp, le petit bois qui le séparait de la rivière, le champ de canne, la haute cheminée en pierres, le coussin de vapeur blanche, je n'ai pas pleuré mais en moi j'entendais encore le vacarme étourdissant que j'essayais de couvrir avec ma voix. Anil, Vinod, Anil, Vinod.

3

Nous avons traversé la moitié de l'île, du nord au centre. J'imagine que sur cette longue route vers Beau-Bassin, nous avons voyagé sur des charrettes conduites par des bœufs ou des ânes, peut-être avons-nous pris un train, car il en existait à l'époque, nous avons marché, nous avons dormi dehors, nous avons vu des locomotives, des gens, des paysages, des fleurs, des chevaux luisants, des sentiers de terre qui mouraient dans la mer, la mer même peut-être, des routes bien dessinées, des maisons et des montagnes dont nous ne soupçonnions pas l'existence, nous qui n'avions jamais quitté Mapou. Malgré tous mes efforts, je ne me souviens de rien. Étais-je collé à ma mère, me tenait-elle la main, pleurait-elle ses fils, sa maison, la communauté de malheureux d'entre les malheureux que nous quittions ? Que faisait mon père pendant tout ce temps, lui dont les mains n'étaient plus occupées à trancher les cannes, à décapiter leurs têtes couronnées de fleurs blanches et volatiles qui avaient aveuglé tant de laboureurs, que faisait-il de ses mains nues, calleuses, débarrassées des bandelettes de tissu dont il les enveloppait pour les protéger tant bien que mal des épines, des écorces, des dards et des échardes ? Que faisait-il de sa bouche qui n'avait plus, durant cet interminable voyage, le goût de l'arack, qui ne se paralysait plus avec cet alcool lourd et âcre, que faisait-il de sa voix enrouée sans les chansons du champ, du camp, ses chansons de malheur et ses plaintes de travailleur ? Que faisait cet homme, livré à lui-même, livré à ce voyage, avec ce qui lui restait de famille, sans le bambou vert, avec des nœuds et des nervures qu'il faisait claquer sur nos corps ? Et moi, peureux et frêle, sans mes deux frères ? Ce voyage aurait pu nous souder encore plus, nourrir des espoirs de lendemains, nous aurions pu être des pionniers, on aurait parlé de nous avec admiration, la première famille à quitter Mapou de son plein gré, parce que nous souhaitions mieux, parce que nous ne croyions pas à toutes ces histoires qui disaient que notre destin c'était ça, la pluie de boue, la poussière et la misère. Mais nous n'étions qu'une famille aux abois, démunie devant une telle douleur et alors, nous avons fui.

Je n'ai jamais demandé à ma mère comment mon père avait eu ce travail à la prison de Beau-Bassin. Je pense qu'elle ne le savait pas plus que moi, ce n'est pas comme les couples de maintenant qui se disent tout, qui discutent ensemble la moindre décision, soudés par des secrets, mes parents n'étaient pas comme cela.

Si quelqu'un d'autre que moi racontait cette histoire, quelqu'un qui aurait vu tout cela de haut, il aurait sûrement prétendu que nous avions, à Beau-Bassin, une situation meilleure. La terre sur laquelle nous marchions était fertile, d'une belle couleur marron. On pouvait y semer des légumes et des fleurs, et les arbres qui y poussaient avaient leurs racines enfoncées profondément, sans rochers noirs et affûtés pour leur barrer le passage. Sur ces arbres-là, grandissaient des feuilles épaisses, luisantes et vertes. Entre les feuilles, naissaient des bourgeons blancs et roses qui, ensuite, devenaient des fruits. Des mangues, des litchis, des longanes, des goyaves, des papayes, que je mangeais lentement, en pensant toujours à mes frères. Des arbres à pain, des jacquiers, des avocatiers qui donnaient des fruits en toute saison, verts ou mûrs, salés ou sucrés. Sur le sol, des lianes cachaient des concombres, des courges, des courgettes, des arbustes velus donnaient des tomates, des piments, des aubergines et sous la terre, gonflaient des pommes de terre, des carottes, des betteraves, des patates douces. Le soleil et la pluie étaient devenus des choses essentielles, agréables et douces, pas de ces monstres comme à Mapou qui renversent la terre, vous entrent dans le ventre, vous broient le cœur et tuent des enfants.

Notre maison à Beau-Bassin était enfoncée dans le bois, comme on pourrait imaginer aujourd'hui une maison de garde forestier ou un relais de chasse. Plus tard, ma mère m'a raconté que personne ne voulait de cette maison. Elle était à mi-chemin entre la prison, et le cimetière et les gens racontaient qu'elle était la demeure des âmes errantes. Ma mère avait pouffé comme une gamine en me disant cela, mais j'étais heureux qu'elle me fasse cette confidence alors que j'étais déjà adulte, grand et fort et que ces histoires-là ne m'effrayaient plus.

J'aimerais me souvenir des premiers jours à Beau-Bassin aussi clairement que je me souviens de mes premières années à Mapou mais, même en me concentrant, je n'arrive qu'à réveiller des images éparpillées, comme jetées dans un livre sans mots, sans titre. Les murs de la maison envahis de lianes aussi solides que du bambou – on ne croirait pas à les voir ainsi – formant de jolies frises. Mes parents et moi arrachant ces lianes de toutes nos forces parce qu'elles étaient infestées de fourmis et de lézards. Les murs nus de la maison recouverts d'une épaisse pellicule gris-vert. La présence de la forêt autour de la maison et l'atmosphère solennelle qu'elle projetait, la couleur verte qu'elle donnait à tout, le silence épais autour de nous. Les lèvres de ma mère bougeant à toute vitesse pendant qu'elle préparait des décoctions et des mixtures qu'elle saupoudrait ensuite sur le pas de la porte, sur le bord des fenêtres et le lendemain, ces rats couchés, ces hérissons gueule ouverte et ces serpents mous que nous trouvions. La main de ma mère travaillant le pilon, écrasant, broyant, anéantissant les ennemis. Les yeux de mon père sur moi, ce regard qui noircissait de plus en plus, contre qui pouvait-il hurler, qui pouvait-il taper pour exorciser sa colère ? Et cette question au bout de sa langue, cette question qu'il n'a jamais pu prononcer tout haut mais que j'entendais à chaque fois que je passais à côté de lui, à chaque fois que sa main s'abattait sur moi, sur ma mère. Pourquoi toi ? Pourquoi toi, Raj, petit vaurien frêle, as-tu survécu ? Pourquoi toi ? Pourquoi toi ?

Je me souviens des longues minutes que je passais à mon réveil à chercher des yeux mes frères, le temps infini qui s'écoulait avant que je ne retrouve mes esprits, avant que je ne comprenne que j'étais seul désormais et que je me souvienne du corps coincé de Vinod et du bâton d'Anil jeté dans la rivière, là-bas, à Mapou.

Des images de ces matins nouveaux où, au lieu d'envelopper ses pieds et ses mains de bandelettes de tissu, mon père revêtait un pantalon marron et une chemise beige pour aller travailler. Le savon qu'il faisait mousser sur son visage et ses cheveux qu'il plaquait à grands coups de paume mouillée. La découpe de cet homme neuf, affublé de son uniforme, dans le cadre de la porte et la façon qu'il avait de marcher les jambes un peu écartées, comme si le tissu le grattait ou parce qu'il voulait froisser le pantalon le moins possible. Cette impression que j'avais quand mon père partait vers son nouveau travail – son travail de «gardien de prison» comme il disait, avec un imperceptible mouvement de la tête vers le haut, le redressement subtil du dos, les yeux qu'il ouvrait plus grands – cette impression quand il s'éloignait de la maison que la forêt l'avalerait tout entier et qu'il ne rentrerait plus jamais, perdu dans les méandres du bois.

À Beau-Bassin, durant ces journées en solitaire, sous cette lumière comme tamisée, qui prenait tantôt la couleur de la forêt, tantôt la couleur des fleurs que ma mère avait plantées autour de la maison, dessinant un cercle bénéfique, ou des montagnes bleutées au loin, j'ai découvert le goût des planques. Je me terrais dans les coins, ramenant pieds et jambes sous moi, je montais dans les arbres et me recroquevillais dans la fourche des branches, mon corps s'enroulant sur lui-même comme un serpent, je fouillais des trous sous les lianes de courges dans le potager et je m'y enfonçais, le ventre contre le sol, les mains dans la terre jusqu'aux poignets, le visage perdu dans les lianes. Je restais des heures comme cela, immobile, à écouter ma respiration, à n'être qu'un cœur qui bat le plus doucement possible. Ce n'était que caché, serré, coincé que j'étais calme, que j'étais à peu près bien. Dehors, il y avait trop de choses nouvelles pour moi seul et j'aurais voulu partager le trop de ce ciel bleu et calme, le débordement de ce vert foncé et infini de la forêt et, surtout, ce silence qui s'étendait, s'étendait comme la mer et qui s'insinuait partout, dans la maison, derrière mon père, autour de ma mère, le matin, le soir, un silence solide sur lequel ma petite famille décapitée s'appuyait désormais.

Parfois, mon père violait ce silence, de loin je l'entendais vociférer et ma mère s'approchait de moi, aussi sûrement que les pas et la voix de mon père se rapprochaient de la maison et nous attendions que sa main s'abatte près de nous, près de moi, sur moi, sur ma mère. J'étais sûr, dans ces moments-là, que toute la forêt était tendue vers nous, tout ce vert, ce tas épais de vert et de bois qui m'effrayait tant les premières semaines, était concentré sur notre éclat qui déchirait la nuit de Beau-Bassin.

Ce bois était composé d'eucalyptus, de manguiers, de camphriers, d'ébènes, de badamiers et quand j'avais huit ans, jamais je n'aurais imaginé qu'un jour tout ça n'existerait plus que dans mon souvenir, ce vert épais, cette odeur de terre mouillée, de bois coupé, de mousse et de fruits pourrissants. Ah, la peur que j'avais eue les premières fois que je l'avais traversé, ce bois de mon enfance, et après la fierté que j'avais à connaître mieux que personne les sentiers, les tracés, les pièges, les tanières, je courais les yeux fermés au milieu des arbres, je savais quand il fallait contourner le grand manguier, ralentir à gauche vers le badamier à cause des racines qui étaient des croche-pieds futés, baisser la tête sous les branches fourchues et cassées de l'eucalyptus, sauter un bon coup, sans faillir, sans réfléchir, juste à côté de l'autre manguier, celui dont les mangues sentent l'essence, car là, il y avait un trou et à côté du trou une fourmilière avec des grosses fourmis rouges aux derrières ronds et luisants qui laissent des cloques géantes et des démangeaisons atroces.

Aujourd'hui, j'aime à penser que, si le bois existait encore – car évidemment, il n'est plus, à la place, il y a des immeubles modernes avec des fleurs en pots aux fenêtres et des balcons où se tiennent des familles pour regarder je ne sais quoi –, je pourrais refaire ce chemin-là. Maintenant quand je repense à tout cela, pour la première fois depuis bien des années, eh bien, je vous jure que mes pieds me chatouillent et que des vieux réflexes se réveillent dans mes muscles rachitiques. À gauche, tout droit, hop, baisser la tête, se balancer sur une branche, prendre l'élan, serrer les dents, faire comme une bête, un tigre, quelque chose qui n'ait peur de rien.

À Beau-Bassin aussi, j'allais à l'école et il n'y a pas grand-chose que je puisse dire à ce sujet. J'avais conscience d'être l'un des plus pauvres de la classe avec mes vêtements si vieux qu'ils en devenaient fins et transparents, je ne jouais avec personne, je mangeais le repas que m'avait préparé ma mère le matin et je restais dans la classe. Je pensais beaucoup à mes frères quand je voyais tous les enfants qui jouaient, qui criaient et parfois si les autres gamins m'appelaient, je me retenais, je disais non, je baissais la tête et les enfants entre eux chuchotaient, ils disaient que j'étais très malade et que jouer pouvait me tuer. Au fond, ils n'avaient pas tort. J'étais malade de mes frères et j'étais persuadé que j'allais les trahir, les éloigner de moi pour toujours si je jouais avec les autres, riais, faisais équipe avec eux. Je restais dans mon coin et je parlais tout seul, tout bas. J'avais aussi appris cela à Beau-Bassin. Je me racontais des histoires comme j'aurais, jadis, raconté des histoires à Anil et à Vinod. Je bougeais les lèvres comme ma mère quand elle écrasait ses potions, ses herbes, pour éloigner le mauvais œil, le mal et les rongeurs qui venaient manger les légumes du potager et bouffer le bout de nos orteils.

Ma maîtresse s'appelait Mademoiselle Elsa et quand

45

elle posait sa main blanche sur mon épaule, j'avais une boule de chaleur qui gonflait dans mon ventre comme un ballon. Mon petit Raj, disait-elle. Quand, à de bien rares occasions, ma mère venait me chercher à l'école, Mademoiselle Elsa allait la voir, lui disait que j'étais un garçon bien, que j'avais quelque chose à faire, c'est sûr, que j'apprenais vite, que j'avais rattrapé tout mon retard, que j'étais un des meilleurs en français et en anglais, et que bientôt, peut-être, je pourrais m'inscrire à l'examen pour la bourse, cette fameuse bourse qui vous donne une place dans le meilleur collège et de l'argent pour les livres, les crayons, les craies et même, après avoir acheté tout cela, il vous en reste encore pour acheter à manger, ah oui, elle était persuadée que je pourrais avoir tout cela. Ma mère l'écoutait les yeux écarquillés et puis, au retour, elle ne me disait pas grand-chose comme d'habitude – ma mère ne parlait plus beaucoup depuis notre départ de Mapou –, mais elle me tenait fermement la main jusqu'à la maison. Elle avait probablement, à cette époque, un cœur qui ne connaissait plus que la tristesse d'avoir perdu deux enfants le même jour mais je suis sûr que quand Mademoiselle Elsa lui parlait, en la regardant bien dans les yeux, j'aime à penser qu'elle se redressait légèrement, que quelques forces venaient affluer dans ses doigts et que le seul enfant qui lui restait lui apportait un peu de fierté.

Quand ma mère est décédée, ses affaires tenaient en trois valises, dont une était entièrement dédiée à moi et à son petit-fils. Elle, qui sans mon père ne m'aurait jamais inscrit à l'école, y avait préservé mes premiers cahiers d'écolier ainsi que ceux de mon garçon, des copies de nos diplômes, nos vieux sacs d'école et je crois que, comme d'autres aiment montrer les photos de famille, de maisons, de voitures, ma mère aimait ouvrir cette valise-là devant ses invités. Je me souviens qu'elle feuilletait parfois mes cahiers avec une admiration non dissimulée, en tournant les pages comme s'il était agi d'un testament précieux, et quand je réussissais mes examens, elle prenait mes mains dans les siennes et les larmes lui montaient aux yeux. Avec mon fils aussi elle a été attentive, rangeant son bureau, classant par épaisseur et taille ses livres et ses cahiers, taillant à la perfection ses crayons et tous les soirs, mon pauvre garçon avait droit à un breuvage laiteux censé, comme ma mère le disait elle-même, « nourrir la tête ».

Jusqu'aux vacances de l'année 1944, je n'avais jamais vu la prison où travaillait mon père. Une fois, il m'avait dit que dans cette geôle, il y avait des gens dangereux, des marrons, des voleurs, des méchants. Mon père m'avait attrapé par les épaules pour me dire cela, parce qu'il savait que je me promenais dans la forêt et que je me cachais dans les arbres et il voulait m'effrayer, alors il avait fait des grands A, des grands O et des grands E aux mots qu'il disait tout en me secouant. Sa bouche et ses yeux s'ouvraient en même temps, comme si une mécanique les actionnait de l'intérieur et quand je le voyais partir le matin, dans son uniforme, je voulais plus que tout le suivre et voir comment il enfermait dans sa grande prison les dAngErEux, les mArrOns, les vOlEurs et les mÉchAnts.

Mon rêve allait être exaucé. Au cours des vacances de fin d'année, du lundi au samedi, à midi, ma mère me fit porter le déjeuner de mon père à son travail. Je longeais la forêt, tournais à gauche un peu avant la route de terre qui menait au village et suivais le mur de la prison jusqu'à la grille. Là, j'attendais un peu et mon père accourait. Je lui passais son déjeuner encore chaud à travers les barreaux et il me disait, immanquablement, allez, rentre à la maison.

Bien sûr, je ne l'ai pas écouté. Dès le premier jour j'ai longé le mur qui me donnait mal à la tête tellement il était haut, en me concentrant sur mes savates car j'étais persuadé qu'il me tomberait dessus. À l'angle, j'ai bifurqué, contourné la prison, je suis revenu vers la grille par l'autre côté, où la terre montait un peu et où, à la place du mur, il y avait une grande haie de barbelés.

Et là, j'ai trouvé la meilleure cachette de ma vie. Une cachette où je pouvais ralentir mon cœur, immobiliser ma vie et observer les dAngErEux, les mArrOns, les vOlEurs et les mÉchAnts.

4

Caché dans mon buisson, les feuilles craquant un peu sous moi, des branches rentrant dans mes cuisses et qui laisseraient des griffures au sang séché, caché comme cela, je n'ai rien vu de ce que j'avais imaginé.

Je m'attendais à voir des cages, des barrières et des cadenas, des chaînes et des policiers. J'avais imaginé des cris, des chiens, des hommes aux yeux jaunes qui seraient les prisonniers dangereux, marrons, voleurs et méchants. Je me faisais également une certaine idée de mon père au milieu de tout cela avec son uniforme et tous ces gens-là qui auraient peur de lui, comme ma mère et moi nous le redoutions quand il rentrait saoul le soir et que sa main s'abattait près de nous, sur nous, sur ma mère, sur moi.

Il n'y avait personne dans la cour et cette prison, dont l'enseigne bleue et blanche ressemblait à celle d'un parc d'attractions, *Welcome to the State Prison of Beau-Bassin,* était d'un calme absolu. De ma cachette, certes, je ne pouvais en voir qu'une partie. À ma gauche, en contrebas, la grille à travers laquelle j'avais passé le déjeuner de mon père, puis un énorme manguier, caché par le mur pour ceux qui regardent la prison de l'autre côté. C'était probablement le plus grand manguier que j'aie vu, un tronc massif, des fruits rouges et lisses qui se découpaient contre le vert d'un feuillage fourni, et qui pendaient lourdement, sur le point de tomber. Sous l'arbre, une ombre large dans laquelle le soleil ne perçait pas abritait trois tabourets soigneusement alignés. Puis il y avait une maison, comme dans mes cartes à l'école. Avec un auvent presque couvert par des bougainvillées mauves, une véranda, des balustrades en bois, des fenêtres avec des volets et des rideaux. À côté de la maison, une allée continuait vers le fond de la prison et bien que le soleil fût au mitan du ciel, je ne pouvais pas voir grand-chose. Contre le mur, à droite, une série de cases étaient alignées, en tôle rouge ou bleue et ces abris, comme l'allée, filaient jusqu'au fond de la prison.

Cette première image de la prison de Beau-Bassin est imprimée dans ma tête, aussi lisse et immobile qu'une carte postale. Il n'y avait pas un chat dans la cour, pas de bruit, même pas de vent me semblait-il et c'était comme si quelqu'un avait monté toute cette comédie pour moi, sachant que je viendrais me cacher ici. Juste derrière la double haie en barbelés – et si j'étendais le bras, je pouvais du bout des doigts toucher une pointe d'un des nœuds de fer – il y avait des buissons de fleurs sauvages, puis une bande d'herbe grasse et verte, des potées de gardénias, de marguerites et de roses.

J'étais très impressionné de voir cela, cette sorte de richesse tranquille où, en plus, mon père travaillait. Aujourd'hui, c'est un souvenir qui me dégoûte un peu, comme un énorme mensonge auquel j'ai cru un moment, car ce semblant de bien-être – les rideaux qui gonflent, les fruits, les fleurs, la pelouse, le silence – n'était qu'une façade, de la poudre aux yeux et si on grattait un peu, on découvrait le noir, la crasse, les cris et les pleurs.

Je pense que si j'avais été un garçon ordinaire, sans histoire – par là, je veux dire un garçon qui n'aurait pas vécu dans un taudis pendant les premières années de sa vie, qui n'aurait pas perdu ses deux frères le même jour, un garçon qui aurait eu des amis pour jouer et qui ne se blottirait pas dans des trous creusés à même la terre ou en équilibre, sur des branches, un garçon qui ne parlerait pas tout seul pendant des heures et des heures, un garçon qui en fermant les yeux la nuit verrait autre chose que le corps de son petit frère coincé sous un rocher –, je ne serais pas resté longtemps là et cette drôle de prison m'aurait ennuyé. Mais j'étais Raj et j'aimais les coins sombres et les lieux immobiles. Alors, je suis resté comme cela, un très long moment, surveillant la prison, la balayant consciencieusement de mon regard de gauche à droite, de droite à gauche et ainsi de suite. Je me disais que la prochaine fois que Mademoiselle Elsa nous demanderait ce que nous voulions faire quand nous serions grands – une question à laquelle jusqu'à maintenant je ne savais jamais quoi répondre, les mots « être grand » me rappelaient brutalement mon grand frère Anil et à cette question donc, je finissais toujours par avoir les larmes aux yeux et une quinte de toux comme à Mapou –, je dirais que je souhaitais faire un métier où l'on peut se cacher et surveiller.

Soudain, une sonnerie a retenti et j'ai vu mon père sortir de derrière le manguier, comme s'il s'y cachait tout ce temps-là, se caler contre la grille, là où les chaînes se rejoignaient et où plusieurs cadenas les enserraient. Trois policiers sont sortis de la maison aux bougainvillées, ont descendu les marches du perron. Ils étaient, eux, des vrais policiers, pas du tout comme mon père qui, désormais, avec son uniforme marron, paraissait pâlot, maigre et surtout peureux. Les vrais policiers étaient plus grands, avaient des pantalons bleu marine, des chemises blanches, des casquettes bleues et blanches, et surtout, une matraque à la ceinture. De là où je me tenais, on aurait dit qu'ils avaient tous une queue noire et droite. Ils se sont placés nonchalamment autour de la maison, le long de l'allée qui menait au fond, tout le contraire de mon père, qui se crispait sur la grille, on ne savait pas s'il souhaitait briser les cadenas de ses mains ou les protéger envers et contre tout. Après quelques minutes, de l'endroit exact où a surgi mon père, des ombres blanches sont apparues. Une file de personnes, très maigres, traînant les pieds en silence, suivaient à pas lents le sentier en terre, puis se sont éparpillées dans la cour. Des hommes, des femmes, des enfants. Tous des Blancs. Leurs vêtements étaient trop grands pour eux, trop longs, sales et chiffonnés, quelque chose clochait dans la façon dont ils étaient accoutrés et ils ressemblaient un peu à des fantômes. Je n'avais jamais vu de Blancs aussi maigres et fatigués – à huit ans, je croyais que les personnes blanches étaient des patrons à l'usine, roulaient dans des voitures et pilotaient des avions mais jamais je n'aurais cru qu'ils pouvaient être enfermés. Ils sont restés dans la cour, bougeant à peine, peut-être que c'était une sorte de liberté qu'on leur accordait, mais le soleil leur faisait plisser les yeux, ils montaient haut leurs épaules, comme quand on court sous la pluie, ils regardaient le ciel avec leur main en visière et beaucoup se réfugiaient sous le manguier ou sous l'auvent, mais je me souviens qu'aucun ne s'était assis sur les trois tabourets en bois bien qu'ils aient eu l'air épuisé. Personne ne faisait un geste pour cueillir ne serait-ce qu'une mangue pour assouvir sa faim et étancher sa soif. Je me souviens de cet épais feuillage de manguier et de ces dizaines de fruits qui pendaient et apparaissaient, de loin, comme des taches grenat, et ces gens pâles et chétifs qui restaient en dessous, peut-être n'avaient-ils pas la moindre idée de ce qu'il y avait sur leurs têtes. Je ne comprenais pas ce que je voyais, je n'arrivais pas à croire que c'étaient eux, les dAngErEux, les mArrOns, les vOlEurs et les mÉchAnts. À part leur couleur, ils semblaient aussi fatigués que ma mère, ils regardaient devant eux comme parfois le faisait ma mère – elle fixait un point, que ce soit le jour ou la nuit, et elle se transformait en statue. Je me suis dit que peut-être eux aussi avaient perdu des fils, d'un coup, comme ça, sans raison, sans qu'ils puissent crier leur colère ou accuser quelqu'un.

Je ne me souviens pas du moment exact où j'ai remarqué David. Peut-être était-ce quand il a marché vers les barbelés. J'ai d'abord vu ses cheveux magnifiques, cette masse qui flottait autour de sa tête, et qui pourtant était bien à lui, comme jamais quelque chose n'a été à moi, ces boucles qui cachaient son front et la façon dont il avançait, guindé, pas en boitant, non, il donnait l'impression d'être fait de bois et de fer et que ses mécanismes n'avaient pas été huilés depuis un bon moment. Il avait un short marron comme mon petit frère Vinod et cela accentuait la blancheur de ses jambes. Il s'approchait de la grille, lentement, sans se presser et cela m'a paru si incroyable qu'il fasse cela alors qu'il était en prison, comme s'il marchait dans son jardin et il se rapprochait, se rapprochait, là maintenant, je voyais mieux son visage, son minuscule visage d'enfant blond perdu dans la moiteur et la chaleur de Beau-Bassin. Il y avait d'autres enfants dans la cour mais ils restaient souvent accolés à un adulte, personne ne jouait, personne ne courait, personne ne semblait parler. Tous des petits Raj, comme moi.

David m'a dit, plus tard, qu'il s'avançait vers les fleurs sauvages qui poussaient près des fils barbelés. David adorait les fleurs, c'est comme s'il n'en avait jamais vu de sa vie mais c'est vrai que les fleurs de Beau-Bassin sont différentes de celles qui poussent à Prague. Moi, à l'époque, j'étais persuadé qu'il venait vers moi. Ses yeux étaient dans les miens, ça ne pouvait pas être possible autrement et mon cœur a commencé à s'emballer. Il s'approchait de plus en plus de la grille, je tremblais, je m'enfonçais encore plus dans la terre quand soudain, il s'est retourné vers les autres et il s'est éloigné des barbelés avec quelques pas de marionnette. Il s'est tenu ainsi, me donnant le dos, il était tout au plus à quelques mètres de moi, sa chemise était déchirée de sorte que les manches tenaient aux épaules et aux poignets et je pouvais voir l'arrière de ses bras. Il s'est assis sur l'herbe épaisse et il a fait comme moi, il a regardé de gauche à droite, de droite à gauche. Je n'arrivais pas à détacher mes yeux de ses cheveux, c'était probablement une des plus belles choses que j'aie vues à mon jeune âge. Dans le soleil éclatant de ce jour de décembre, quelques semaines avant la fin de l'année, à peine deux mois avant l'anniversaire de la mort de mes frères, son casque blond brillait comme un bouquet de fils d'or. C'était magnifique. Quand il bougeait la tête pour surveiller – comme moi, oui, même quand on ne se connaissait pas, on faisait les mêmes choses –, ses boucles bondissaient doucement comme si elles étaient montées sur des milliers de ressorts minuscules.

J'étais très content de ma journée, de ma cachette, de mes découvertes, il m'aurait tardé, avant, de raconter cela à Vinod et Anil comme je le faisais pour ce que j'apprenais à l'école et leurs yeux qui s'écarquillaient, ces yeux pareils aux miens, ah, j'étais si heureux de leur dire des choses qui faisaient s'écarquiller leurs yeux, maintenant tout ça était pour moi, c'est pour cela que je parlais seul, pour dire un peu ma journée, lâcher un peu ces mots, ces émotions, ces images et ces impressions qui s'entassaient en moi.

Soudain, les boucles de David ont commencé à trembler, ses épaules aussi et il a caché la tête dans ses genoux qu'il avait ramenés sur sa poitrine en s'asseyant. Puis j'ai entendu ses sanglots. Je les connaissais très bien ces pleurs qui font hoqueter, qui font dire doucement aaahh, comme si quelqu'un vous enfonçait lentement, très lentement, un couteau dans le cœur, je connaissais très bien ces pleurs qui sortent comme de nulle part, soudain, alors qu'on est pourtant tranquillement assis sur une pelouse grasse et verte et que le soleil chauffe les épaules. Je me suis redressé, une envie terrible de l'appeler, de le réconforter, lui dire, comme Anil me disait, ça va aller, arrête de pleurer, ton nez coule et beurk tu avales la morve, ça nous faisait toujours rire de dire cela, tu avales la morve, et il rajoutait c'est salé non ? et, l'instant d'après, j'avais oublié les larmes.

Ce jour-là, j'ai fait comme David, cette chose qui m'arrivait de temps en temps, un nœud qui se serre soudain au creux de mon ventre, la difficulté de respirer, ces larmes qui montent et contre lesquelles on ne peut rien. J'ai enfoui ma tête dans les feuilles et j'ai pleuré, comme lui à quelques mètres de moi.

Je ne sais depuis combien de temps j'avais le visage dans la terre mais, soudain, j'ai entendu le cri de mon père. Il a dit quelque chose comme hé, là-bas ! J'ai redressé la tête, j'ai été stupéfait de voir que David était collé à la grille, peut-être que les pointes des barbelés lui rentraient dans les mains. Il regardait ma cachette. J'ai relevé le cou, je devais avoir une tête à faire peur, les larmes, la terre, les feuilles collées, mais il m'a souri. J'ai essayé de lui rendre son sourire, mes larmes avaient brusquement cessé, ce nœud-là dans mon ventre s'était desserré, mais je l'ai simplement regardé avec des yeux exorbités et rouges et une tête de sauvage. Il a continué à me sourire. J'ai alors fait une sorte de petit salut de la main, et derrière lui, j'ai vu un policier s'avancer. Je me suis enfoui à nouveau et David s'est retourné. Le policier lui a fait un signe brusque comme pour dire descends de là et alors qu'une autre sonnerie retentissait et que tous ces gens maigres, sales et fatigués s'enfonçaient dans l'allée sans ombre, quittaient leur cachette à eux sous le manguier ou sous l'auvent, le policier est venu jusqu'à la grille, a regardé dans ma direction. Il a alors fait une sorte de claquement des lèvres sèches, un « tchik » un peu las, et il est reparti.

Et dans l'ombre noire de l'allée qui les menait vers je ne sais où, là où ils allaient tous en traînant les pieds, mais où ils allaient fatalement, comme s'il n'y avait rien d'autre à faire, dans cette ombre noire, l'éclat des cheveux d'or de David s'est éteint, à mesure que le soleil le lâchait.

5

Ce soir-là, mon père est rentré avec des mangues. Comme ma mère qui cuisinait encore pour cinq, il avait apporté cinq mangues. Je les ai regardées par en dessous, comme si ces fruits rouges et lisses, constellés de petits éclats verts, comme si ces fruits-là savaient exactement ce que j'avais fait de mon après-midi. Je les avais vues, perchées et pendues dans ce feuillage épais et j'étais persuadé qu'elles se souvenaient, elles aussi, de moi. Quand j'en ai pris une dans la main, elle était lourde et tiède.

Mon père a sorti son petit couteau et s'est assis sur la pierre plate devant la maison, face à la forêt. Il a découpé une fine tranche de la mangue avec minutie et lenteur, et la tenant entre ses doigts et le couteau, il l'a aspirée. La tranche orange et luisante a glissé dans sa bouche sans bruit et il l'a avalée sans mâcher. Je ne sais pas où il avait appris à faire cela, avant à Mapou, nous

nous accroupissions, mangeant notre mangue à pleines mains, le jus dégoulinait le long de nos avant-bras et nous le rattrapions avec la langue bien vite. Avant, à Mapou, nous mangions tout de la mangue, la peau, le petit bout un peu dur qui l'avait retenue à la branche et nous sucions le noyau longtemps, longtemps, jusqu'à ce qu'il ne soit qu'un truc bon pour le foyer, râpeux et fade.

J'ai fait quelques pas autour de la maison, la chaleur était redescendue et le silence de la forêt formait un épais bouclier autour de nous. Je me suis approché de mon père et j'ai tourné dans ma bouche les questions que je voulais lui poser. Qui étaient ces gens-là, ces prisonniers blancs ? Est-ce eux les méchants, les voleurs et les marrons de Beau-Bassin ? Pourquoi marchaient-ils si lentement, comme s'ils n'avaient plus rien dans les jambes, juste une peau et un bout d'os ? Et ces enfants maigres et faibles, avaient-ils aussi volé ou fait des choses qui mènent en prison ? Mon père ne m'a pas invité à m'asseoir à côté de lui, il ne m'a pas regardé, il a continué à fixer quelque chose devant lui, en tournant son petit couteau entre les doigts, et il s'est levé en soupirant.

Longtemps après, quand je suis devenu un père et que j'ai aimé mon fils d'une façon dont je ne pensais pas mon cœur capable, quand je prenais mon fils dans mes bras, un geste que mon corps et mes bras faisaient avant même que je ne m'en rende compte, je n'ai cessé de me demander ce que ça lui aurait coûté, à lui, à mon père, de me regarder normalement, sans ses yeux de fou menaçant, ne serait-ce qu'une fois, de m'inviter à m'asseoir à côté de lui peut-être, de me dire une ou deux choses de sa journée ou de ne rien me dire, de simplement partager un moment de silence dans la nuit, qu'est-ce que ça lui aurait coûté ?

Mais à l'époque, quand mon père était comme cela, distant et froid, je remerciais Dieu, ainsi que ma mère me l'avait appris, pour chaque nuit calme, pour chaque soirée où il rentrait sobre, en silence, inoffensif, le cœur dur et plat comme la pierre sur laquelle il s'asseyait après le dîner. Cette nuit-là, je n'ai pas posé mes questions, avant de me coucher, j'ai remercié Dieu de sa grande bonté, de sa grande miséricorde de nous avoir offert une soirée sans un père qui abat sa main, ses pieds près de nous, près de ma mère, sur ma mère, sur moi.

Pendant les semaines qui ont suivi, j'ai déposé chaque midi le déjeuner de mon père à la prison. Mes journées étaient remplies et je ne pouvais plus traîner autant qu'avant dans la forêt. Depuis quelque temps, ma mère aidait la couturière du village, Madame Ghislaine, qui habitait une maison blanche à faire plisser les yeux.

Tout autour de la maison, elle avait planté des dahlias rouges et c'était beau de voir cela, ces fleurs qui se pressaient contre le mur, rouge contre blanc, comme des inséparables frères et sœurs. Ma mère la dépannait pour le nouvel an et faisait, comme elle le disait elle-même, de la « finition » : coudre l'ourlet avec des points serrés, ajouter des volants, froncer la ceinture avec des plis réguliers, couper tous les fils qui dépassent, amidonner, repasser, plier. Pendant ces vacances-là, ma mère m'envoyait en début de matinée chercher robes, jupes, corsets, jupons, pantalons. Il fallait prendre le chemin derrière la maison, marcher une bonne demi-heure et à l'entrée du village, la première maison était celle, toute blanche avec des dentelles rouges, de Madame Ghislaine. La couturière mettait les vêtements dans un drap dont elle rabattait les côtés au milieu en un gros nœud. Puis elle m'aidait à caler ce gros ballot sur le dos et comme si c'était tout à fait normal qu'un gamin chétif comme moi puisse se débrouiller avec un tel poids sur les épaules, elle retournait rapidement à sa machine à coudre noire.

De mes deux mains, je retenais par-dessus l'épaule le gros nœud et remontais alors le long chemin jusque chez moi. Le drap glissait et je devais donner des coups de reins pour remonter le ballot et ressaisir le nœud fermement. Je ne pouvais pas m'arrêter, il aurait fallu poser le drap sur la terre ou l'herbe et il se serait sali. J'avais si peur de laisser tomber ce drap et que s'éparpillent dans la terre robes, jupes, corsets, jupons et pantalons et que ma mère, tout comme mon père, se mette elle aussi à regretter que ce soit moi, Raj, qui ai survécu. Anil aurait porté ce ballot sans problème, de toutes ses forces, et Vinod aurait inventé un moyen de mieux balancer le poids dans son dos et l'aurait porté, en souriant, comme autrefois, lorsqu'il était chargé des deux seaux tremblants d'eau à ras bord.

C'était une longue route que je faisais, le dos penché et bientôt brûlant, les genoux pliés, les bras et les doigts ramollis comme si toute leur force s'était tarie mais jamais je n'ai laissé tomber le gagne-pain de ma mère. Quand j'arrivais près de la maison, ma mère accourait, j'entendais ses petits pas et déjà les mots qu'elle disait pour me plaindre et me féliciter. Mon pauvre Raj, mon petit Raj, mon grand garçon, bravo.

Dès qu'elle me soulageait de ce poids, mon corps vacillait, tombait au sol tel un pantin, des petits points noirs s'allumaient dans mon regard. Ma mère me préparait un grand verre d'eau bien sucrée et je buvais cela avec des claquements de langue et des hmmm qui sortaient du fond de ma gorge. Après, je restais allongé sur l'herbe et parfois, j'avais l'impression que la terre

m'engloutissait tant mes muscles étaient lourds et douloureux.

Une heure plus tard, j'allais déposer le déjeuner de
mon père et je refaisais le même détour pour retrouver
ma cachette. J'espérais chaque midi, de plus en plus fort
à mesure que les jours passaient, revoir le garçon aux
cheveux d'or. Au Dieu du soir à qui je demandais une
soirée calme, je priais de me ramener David. Mais pendant deux bonnes semaines ou peut-être plus, je ne l'ai
pas revu. Les autres étaient là, la sonnerie, leur façon de
traîner les pieds, de se tenir immobiles dans les coins
d'ombre, d'autres enfants maigres apparaissaient, mais
pas celui que je cherchais, qui avait pleuré et que j'avais
accompagné dans sa tristesse.

De mon buisson, j'observais également mon père et il
ne me faisait pas peur. Mon père ouvrait et refermait la
grille de la prison, il avait une série de clés au fond de sa
poche qui formaient une bosse sur le haut de la cuisse.
Quand il courait, on l'entendait de loin, mon père, il
cliquetait et il ne me faisait pas peur.

Mon père saluait beaucoup, courait souvent derrière
les voitures, apportait du thé sur un plateau pour ses
chefs, je crois que c'était tout ça son travail. Le vendredi, il coupait des fleurs et les donnait au chauffeur
du directeur, qui les entourait d'un papier journal. Ils
ne se parlaient pas, ils faisaient ça vite de peur que leurs

mains se touchent, et ensuite, mon père retournait à ses quartiers et le chauffeur, sous le manguier, où il attendait en s'asseyant sur un des tabourets. Il attendait le directeur de la prison, un Anglais nommé M. Singer que je voyais de temps en temps. C'était un homme très bien habillé, avec des vêtements aussi neufs que ceux que ma mère amidonnait et repassait. Quand M. Singer arrivait, les policiers se mettaient au garde-à-vous. Mon père, lui, faisait une sorte de courbette ridicule et il restait penché comme cela jusqu'à ce que le directeur soit à l'intérieur de la maison aux fleurs mauves.

Parfois, quand tout était calme, mon père venait fumer une cigarette sous le porche, à côté des bougain-villées, et je le regardais avec insistance et, à la maison, il m'aurait déjà crié dessus qu'est-ce que tu regardes comme ça, tu as un problème ? mais là, non, c'était un petit monsieur avec un uniforme terne, sa chemise par-dessus le pantalon – pas comme les policiers avec leurs chemises rentrées et leur ceinture – et là, à ce moment-là, il ne me faisait pas peur.

Quand il portait le plateau avec deux tasses, une théière et des biscuits et qu'il faisait des petits pas et que l'ourlet de son pantalon se prenait dans sa savate mais qu'il continuait quand même, les yeux rivés sur le pla-teau, petits pas, petits pas, j'avais envie de lui envoyer des pierres, j'avais envie qu'il trébuche et j'avais envie qu'il se mette en colère et qu'il se transforme en l'homme que je connaissais qui ne laisserait pas l'ourlet de son pantalon se coincer sous sa savate, qui ferait des grands pas, comme pour mieux prendre son élan, écarter son bras loin, loin et le rabattre près de moi, sur moi, sur ma mère.

Un matin, Madame Ghislaine m'a appris que c'était Noël. Elle avait déjà plié le drap et au lieu de retourner vite fait à sa machine, elle m'a dit d'une voix enrouée :

– Oh, tu es un brave garçon, je sais que c'est Noël, mais, que veux-tu, c'est comme ça, il faut travailler quand il faut travailler, hein ?

C'était la première fois que j'entendais ce mot-là et bien que depuis des semaines je n'ouvrais la bouche que pour dire comme me l'avait appris ma mère bonjour madame, merci madame, à demain madame, j'ai demandé :

– C'est quoi, Noël ?

Elle nouait à ce moment-là le drap mais ses mains se sont immobilisées, elle m'a regardé dans les yeux et elle a couvert sa bouche avec sa main droite comme pour étouffer un cri. Et alors, je m'en souviens comme si c'était hier, ses yeux se sont remplis de larmes de façon assez soudaine, on aurait dit qu'elle s'était retenue toute sa vie et que, là, devant ma question, c'était trop et tout a débordé, d'un coup. Elle m'a soulevé par les aisselles aussi facilement qu'un vulgaire pot de fleurs et elle m'a posé sur le fauteuil. Là, elle a commencé à me parler de Jésus, de ce petit garçon né dans une étable, de sa mère magnifique et parfaite, de cette étoile qui avait guidé des rois vers lui, de l'homme bon et généreux qu'il était devenu, ce Jésus, des miracles qu'il avait faits, de ce fils de Dieu qui aimait tout le monde et qui pleurait avec les pauvres, de ce Dieu beau et bon qui a fini sur la croix et qui a pardonné. Noël, disait-elle, c'est le jour de la naissance de ce Dieu il y a 1944 ans. Parfois, elle disait Dieu, parfois elle disait le fils de Dieu, parfois le bon Jésus, mais moi, ce que j'avais retenu, c'est que ce Jésus-là faisait des miracles, il avait marché sur l'eau ! La couturière à la maison rouge et blanche m'a pris les mains et m'a parlé avec chaleur, comme parfois la maîtresse le faisait à l'école, et elle m'a confié qu'en ce jour sacré, ce jour qu'on appelait Noël, les petits pouvaient demander ce qu'ils voulaient au petit Jésus (ou au fils de Dieu ou au bon Jésus) et le miracle arrivait.

Ce jour-là, sur la longue route vers chez moi, accablé de ce drap, je n'ai pas souffert comme d'habitude. Je pensais à ce Dieu qui marchait sur l'eau et je pensais à notre rivière qui était devenue ce torrent de boue et je pensais que si notre famille le priait comme m'avait dit Madame Ghislaine, si nous changions de Dieu comme me l'avait conseillé Madame Ghislaine, peut-être que si je demandais cette chose magnifique, merveilleuse – revoir mes deux frères – si j'osais ce souhait, ce miracle... Sur le chemin, cette pensée incroyable, cet espoir fou a grandi et enflé en moi pour me donner une énergie flamboyante et j'ai porté le drap comme si mes frères étaient là, Anil devant, Vinod juste derrière, eux aussi avec un drap comme autrefois nous portions des seaux, et nous trois ensemble à nouveau, nous affrontions la vie.

Quand mon père est rentré, je lui ai dit pour Jésus, le Dieu qui marchait sur l'eau et qui faisait des miracles. J'étais tellement excité par cette nouvelle que je n'ai pas fait attention à sa démarche titubante, je n'ai pas senti l'alcool et je n'ai pas vu ses yeux rougis ni sa bouche gonflée. Quand j'ai remarqué tout cela, tout ce que ma mère m'avait appris à voir, à deviner, ces signes annonciateurs d'une nuit où nous devions être le plus silencieux possible, invisibles, immobiles, quand j'ai remarqué tout cela, il était déjà trop tard.

La souplesse de félin que mon père déployait, la façon qu'il avait de bondir vers nous comme si nous étions des proies qu'il avait traquées et acculées. Il s'occupait toujours de ma mère en premier et tandis qu'il avançait vers elle, elle reculait, les mains devant, écartées, ses pauvres mains ridées, ridicule barrage, risible protection. Est-ce que j'invente maintenant le sourire sur le visage de mon père ? Est-ce que j'invente ses yeux soudain si vivants, si cruels ? Et si je dis qu'il prenait plaisir à faire cela, c'est ma voix de vieil homme ou mon souvenir de gamin qui me le dicte ?

D'un coup, d'un seul, mon père attrapait les mains de ma mère et les tordait jusqu'à ce qu'elle crie. Ensuite, il frappait, une main emprisonnant celles de sa femme, l'autre prenant son élan au-dessus de sa tête, derrière son épaule, quelle force incroyable il avait, mon père, dans ces moments-là, quelle force il avait cet homme – à qui j'ai ressemblé pendant ma jeunesse, oh heureusement mon Dieu, physiquement seulement, même cela je l'ai regretté à chaque fois que je croisais mon reflet dans un miroir – d'où sortait-il cette puissance, pourquoi l'utilisait-il ainsi ? Il était saoul mais il frappait avec précision et patience. Il donnait une gifle, forte, plate et la tête de ma mère valsait d'un côté. Il attendait qu'elle le regarde à nouveau pour redonner un autre coup, aussi fort, aussi précis et ainsi de suite jusqu'à ce que ma mère laisse retomber sa tête sur son cou. Mon père la secouait comme une marionnette de chiffon et la jetait par terre et moi, le petit Raj, j'attendais ce moment en priant Dieu qu'il fasse quelque chose, maintenant, tout de suite, quelque chose qui figerait cet homme, qui le ferait tomber en avant, glisser en sommeil, je ne sais pas, je ne sais plus ce que je demandais à ce Dieu-là, mais je priais fort que quelque chose se passe avant que les coups de mon père ne tuent ma mère et ne me tuent, moi.

J'attendais qu'il termine avec elle, j'attendais qu'il commence avec moi, j'attendais ce seul instant où je pouvais aider ma mère. Ah, combien de fois j'ai essayé de les séparer, combien de fois j'ai bondi sur mon père mais je l'ai déjà dit, il était un félin, nous étions des proies et jamais je n'ai gagné à cette bataille-là. Alors, quand il balançait ma mère, je la retenais dans sa chute. Voilà tout ce que je faisais, tout ce que je pouvais faire. J'avais vu Anil agir ainsi, à Mapou. La retenir pour que sa tête ne se fracasse pas sur le sol dur de cette maison dans la forêt. Mais à peine avais-je ressenti le poids de ma mère que la main de mon père était, déjà, près de moi, sur moi, m'éclatant la bouche, sifflant dans mon oreille, me fermant les yeux, ouvrant mon nez. Mon père ne disait pas un mot, il semblait même cesser de respirer. Ma mère pleurait, essayait de se lever, suppliait et moi, je n'entendais que le vacarme d'un torrent de boue. C'était mon premier Noël.

Les lendemains des folies de mon père se ressem-blaient tous. Ma mère et moi restions à la maison, hébétés, assommés, nos gestes ralentis, nos cerveaux ramollis. Ma mère passait des heures à concocter des cataplasmes, des infusions, des potions et des lotions avec des herbes, des racines, des feuilles et des fleurs qu'elle cueillait dans la forêt et elle effaçait nos blessures. Mais ce 26 décembre 1944, sa médecine n'a pas suffi. Je ne sais pas ce qui s'est vraiment passé ce matin-là, peut-être ne me suis-je pas réveillé, peut-être que les décoctions de ma mère n'ont pas eu d'effet. Je me souviens de mon père parlant d'une voix que je ne lui connaissais pas, une voix petite, presque une voix de femme, expliquant à je ne sais qui que j'étais tombé d'un arbre, que j'étais turbulent et alors, on m'a mis en prison, avec les mÉchAnts, les vOlEurs et les mArrOns. Je l'ai deviné quand, dans les bras de mon père, je suis passé sous le grand manguier et que j'ai entendu le bruissement de son pantalon qui se coinçait sous le claquement de ses savates.

Il s'est arrêté plusieurs fois et à chaque fois, de sa voix de femme, il disait, en français, tombé de l'arbre. Je ne savais pas que mon père parlait le français, en tout cas, juste assez pour mentir et camoufler ce qu'il avait infligé à son propre fils. Après tout, peut-être parlait-il aussi l'anglais ou l'espagnol ou le chinois, rien ne m'aurait surpris, en vérité, je ne le connaissais pas. Entre nous, il y avait l'infranchissable mur de la violence et de la mort. Je pensais à ma mère et quand il m'a posé dans un lit, j'ai pleuré jusqu'à ce que je m'endorme. Je n'avais jamais dormi dans un lit, avant. À Mapou et dans notre maison de la forêt, nous couchions sur des tapis en feuilles de palmier séchées et tressées. Je me souviens qu'à un moment, sur le lit de cet hôpital au sein de la prison – oui, il y avait un hôpital ici, je n'avais pas trouvé ça étrange à l'époque, je ne connaissais pas d'autres prisons et pour moi, toutes les prisons avaient un manguier, une grille avec une pancarte illustrée, des fleurs et de la pelouse, des cases, de l'ombre, des policiers bien habillés, des fantômes tristes et évidemment, un hôpital – donc, sur le lit, j'ai pensé pour la première fois depuis des mois au gros nuage de vapeur blanche qui traînait au-dessus du champ de canne, près du camp de Mapou et dans lequel je voulais passer ma vie.

Je crois que j'ai beaucoup dormi. Je n'étais pas en très bon état : nez cassé, côtes enfoncées, hématomes, une bouillie bleue à la place des lèvres. Quand je pense à cela, c'est mon fils qui me revient en mémoire et je le revois quand il avait huit ans et qu'il essayait son premier vélo. Sa concentration était intense : pédaler, maintenir les deux mains sur le guidon, garder l'équilibre, regarder la route et me surveiller, moi, derrière lui, car comme tous les papas, n'avais-je pas promis de ne pas le lâcher ? Je me souviens de son regard brillant de joie et ce sourire jusqu'aux oreilles qu'il avait gardé depuis qu'il avait reçu ce cadeau le matin même. Il avait commencé à pédaler assez vite, j'entendais ma femme et ma mère qui riaient et encourageaient mon fils derrière moi, et je l'ai lâché car il se débrouillait bien sans moi. Quelques mètres plus tard, mon fils s'est retourné et le regard choqué qu'il a lancé derrière lui, ce cri d'enfant apeuré d'être seul soudain et, bien que sachant que j'avais eu raison de le laisser pédaler seul, que c'était comme cela qu'on apprenait à monter à vélo, je me rappelle ce sentiment de culpabilité qui m'a étreint...

Si je l'imagine un instant dans l'état où j'étais ce 26 décembre 1944 alors que je n'avais que neuf ans, j'ai envie de hurler.

Je dormais beaucoup et quand j'ouvrais les yeux, il y avait des fantômes aux yeux colorés et à la peau pâle au-dessus de mon lit et j'avais déjà vu ces fantômes-là, avant, errant dans une cour ensoleillée avec un grand manguier. J'avais l'impression d'être dans un monde de coton, de bruits étouffés, de lumière tamisée, mon corps enfoncé dans le matelas et le drap blanc.

Plusieurs fois, un visage coiffé de fils d'or venait me toucher légèrement le visage, là où c'était tout gonflé et bleu. Si j'ouvrais les yeux quand il était au-dessus de ma tête, il me souriait, il m'avait reconnu, moi le gosse du buisson. Il ne m'avait vu que quelques minutes mais j'étais persuadé, et je le suis encore, de cette reconnaissance au premier regard, une identification physique, une reconnaissance du malheur aussi, et je me sentais très calme, comme si j'étais dans une de mes cachettes et que personne ne pourrait, ici, m'enlever mes frères et me faire du mal.

6

J'ai été réveillé par une malade qui criait. C'était l'après-midi, je le voyais à l'éclat jaune fané de la lumière et à la chaleur lourde qui tournait autour de moi. C'était une vieille femme, la plus vieille que j'aie jamais vue et pourtant il y en avait des vieux à Mapou ! Celle-ci était enfoncée dans son lit et de loin, on aurait pu croire à une couche vide si ce n'était son bras rachitique qui se levait de temps en temps. Quand les infirmières sont arrivées, elle a bondi. Même moi qui regardais tout cela, derrière ma moustiquaire, à six lits de là – j'avais compté – j'ai sursauté. Elle avait un visage comme écrasé par quelque chose, aplati et tout ridé. La peau autour de ses yeux avait été aspirée à l'intérieur et cela donnait l'impression que ses orbites allaient basculer dans sa tête d'un moment à l'autre. La vieille a attrapé une infirmière par le cou et tout le monde a crié, moi compris. C'est étrange, je n'ai pas tout de suite réalisé qu'ils s'exprimaient dans une langue que je ne connaissais pas. Un médecin est arrivé et il a fallu trois adultes pour venir à bout de la vieille dame. Ils l'ont attachée au lit avec des draps et après, les trois adultes, grands et forts, se sont appuyés contre le pied du lit en fer en soufflant comme s'ils avaient couru tout autour de la forêt.

Une infirmière m'a vu, redressé sur les coudes, et elle s'est approchée. Elle m'a regardé de ses yeux bleus et cela m'a beaucoup impressionné. Elle a posé sa main sur mon front, sorti un thermomètre d'une de ses poches, l'a enfoncé sous ma langue un moment et elle a dit, en français :

– Tu n'as plus de fièvre. Tu pourras rentrer à la maison bientôt.

Elle est restée au pied de mon lit un long moment, les mains dans les poches, comme si elle voulait me dire quelque chose puis elle a réarrangé la moustiquaire autour de mon lit et elle est partie. Tandis qu'elle traversait la salle, les bras se levaient des lits, suppliant, quémandant et elle marchait lentement, la tête baissée, seule au monde. Arrivée au bout, elle s'est retournée et elle a fait un signe large et lent de la main pour balayer la salle et tous les bras se sont abaissés. Je me suis dit que c'était peut-être dans leur langue à eux une façon d'apaiser, de dire encore un peu de patience.

Je pensais à tout cela quand David s'est approché de mon lit. Je l'ai entendu, évidemment, avec le bruit qu'il faisait, il marchait un peu désarticulé et chaque pas cognait sur le sol, on aurait dit qu'il avait des morceaux de fer dans les pieds.

Comment expliquer ce que j'ai ressenti quand il s'est mis devant moi, avec ses cheveux blonds, ses yeux verts, ses joues creusées, le petit sourire qu'il avait – ce truc qu'il faisait en remontant juste un coin des lèvres, aujourd'hui on appellerait cela un sourire narquois mais ce n'était pas du tout cela, c'était loin, très loin de l'ironie, il n'était tout simplement pas capable de cela, David, non c'était comme l'esquisse d'un sourire, le début de quelque chose de mieux, de beau et qui ferait qu'on reste là, à attendre la suite avec impatience –, sa chemise vieille comme la mienne, un bout de sa chaîne en or qui longeait son cou, tombait dans le creux de sa clavicule, remontait l'os saillant pour disparaître derrière ce tissu gris, la façon hésitante qu'il a eue de repousser la moustiquaire et de me regarder avec la même bien-veillance que l'autre fois, la fois où nous avions pleuré ensemble… J'étais si content de le revoir et par-dessus tout tellement soulagé qu'il existe vraiment !

Au début, il m'a dit des choses tout bas, dans cette langue étrange et chuchotante. Cela ne m'a pas inquiété et il a, pendant un long moment, murmuré. Il s'était penché vers moi et dans mes oreilles, son discours était un long chuintement qui m'a beaucoup apaisé, comme une prière qu'on m'aurait soufflée à l'oreille. Mais, après tout, peut-être était-ce une prière. Je regrette de ne pas avoir compris ce qu'il me disait, ce qu'il avait sur le cœur et voulait partager avant même qu'on ne se dise nos prénoms, mais je l'ai écouté en le regardant attentivement et je me sentais bien, entouré de sa présence et de ses mots. Quand il a fini, il s'est redressé et m'a fixé. J'ai eu l'impression qu'il attendait que je parle, alors, j'ai dit, comme j'avais appris à l'école, détachant les syllabes tandis que, dans ma tête, j'avais l'image de cette phrase écrite par une main imaginaire à mesure que je l'énonçais :

– Je m'appelle Raj et je vis à Beau-Bassin.

David m'a regardé et il m'a dit, aussi lentement :

– Je m'appelle David et je vis ici. Avant je vivais à Prague.

Je n'ai pas douté une seconde que Prague se trouvait ici, dans le pays, quelque part, un peu enfoncé, un peu oublié, comme Mapou l'était. Je me souviens qu'à l'école, au mur, il y avait une carte de notre île, mais Mapou n'y était pas et je l'avais signalé à Mademoiselle Elsa. Elle m'avait montré Pamplemousses puis une autre ville dont j'ai oublié le nom et elle m'avait dit que c'était par là, en tournant les doigts, et elle m'avait souri en m'expliquant qu'elle était désolée mais que, sur une carte, seuls figuraient les villes importantes et les gros bourgs. Cet après-midi-là, quand David m'a dit qu'il vivait à Prague avant, évidemment j'ai pensé que c'était par là, perdu entre deux villes importantes, un simple village, trop insignifiant pour être indiqué sur une carte.

– Pourquoi es-tu en prison ?

– Je ne sais pas. Et toi ?

– Je ne sais pas.

– Tu es juif ?

– Non.

– Ta maman est là ?

– Non, elle est à la maison. Et ta maman ?

– Elle est morte. Mon père aussi, il est mort. Tu as des frères et des sœurs ?

– Non, je suis tout seul.

– Moi aussi.

Je crois que c'est comme cela que ça s'est passé. Après toutes ces années, je gratte et je fouille dans mon souvenir et il faut me pardonner car parfois c'est plus difficile que je ne le pensais. Il est possible que ce ne soit pas dans cet ordre-là qu'il m'ait dit les choses, il est probable que mon esprit arrange un peu les souvenirs mais ce que je sais très certainement, c'est que nous avons parlé très lentement, pendant des heures, dans la lumière déclinante de l'après-midi. Les mots dans cette langue française nous étaient étrangers, à tous les deux, cette langue qu'il fallait plier désormais à notre esprit, à ce que nous voulions dire et non plus, comme à l'école, se contenter de décrypter et de répéter. Nous faisions le même effort pour communiquer et nous faisions cela lentement, patiemment, peut-être est-ce la raison pour laquelle nous avons pu nous dire, très vite, des choses importantes comme je suis seul. Moi aussi.

Ce soir-là, l'infirmière aux yeux bleus nous a souhaité la bonne année. Elle a écarté les mains et les a claquées plusieurs fois. Ça faisait une sorte d'applaudissement au ralenti et c'était très bizarre. Personne n'a bronché. J'avais le visage contre le mur, je pensais à ma mère, j'espérais qu'elle m'attendait à la maison et je me disais que j'avais neuf ans. Ma mère m'avait appris qu'au premier janvier, j'avais une année de plus. Bientôt, je serais aussi grand qu'Anil. J'ai pensé aux vêtements que nous avions reçus à Mapou, ces vêtements qui nous donnaient l'air si importants et dans lesquels mes frères étaient morts.

Dans la nuit, David est venu me réveiller. Je ne dormais qu'à moitié, comme la plupart des patients dans le dortoir, et j'apprenais que la maladie n'est pas une chose silencieuse. Je l'ai suivi dans le noir, sa chemise pâle me servait de repère, cela m'a rappelé Anil et

le jour du déluge, mais j'ai continué à le suivre, doucement, pas après pas. David me faisait rire avec sa façon
de marcher, il savait qu'il était bruyant et il voulait
s'améliorer mais en vain. Il semblait être le garçon le
plus aérien de la terre, plein de grâce et en effet, tout
commençait bien : il soulevait le genou, le remontait
bien haut et lentement, très lentement, il ramenait la
jambe devant lui mais au lieu de déposer doucement le
pied au sol, il le lâchait d'un coup comme s'il était tout
à coup fatigué et qu'il n'en pouvait plus de contrôler
ses mouvements. À chaque pac ! il s'immobilisait et,
dans le noir, j'imaginais que ses cheveux blonds frisson-
naient, mais personne ne nous prêtait attention, même
pas l'infirmière de garde qui, à moins d'être sourde,
nous avait évidemment entendus. Je pense que depuis
que David était à l'hôpital, il sortait comme ça toutes les
nuits et c'était sa seule façon d'être un enfant et les
malades de ce dortoir sale, bondé et étouffé de plaintes
et de gémissements l'avaient tous compris et le laissaient
errer à sa guise.

J'avais les flancs encore douloureux, le nez gonflé,
les lèvres enfermées dans une croûte fragile qui menaçait de craquer en un filet de sang à chaque instant.
David avait des accès de fièvre à cause de la malaria
et passait la moitié de son temps à se vider aux latrines
ou dans son lit, nourri au sérum, mais tout cela

devenait dérisoire à cause de l'excitation que nous ressentions ce soir-là, à nous glisser dehors, comme des vrais vOlEurs.

L'hôpital était niché au fond de la prison, au nord, une partie que je ne pouvais voir de ma cachette. Au sein de la prison, il y avait un autre mur qui séparait le quartier des hommes et celui des femmes et l'hôpital se trouvait dans la partie réservée aux femmes. C'est David qui m'a expliqué tout cela, avec nos jeux du soir.

David n'avait pas besoin de lumière quand nous nous échappions de l'hôpital, il connaissait les lieux par cœur. Pendant trois nuits, nous avons fait la même chose, comme tous les enfants du monde, nous avons instauré une routine, un rituel. Nous attendions la fin du dîner, le couvre-feu, les plaintes que la nuit éveille chez les malades et les malheureux, et alors, enfin, nous avions des heures sans bouleversement, une pénombre sur laquelle nous pouvions compter comme un ami fidèle qui ne se dérobe pas. Je le suivais, j'écoutais, j'oubliais pendant quelques heures Mapou, ma mère, mes frères, mon père et pas une fois, l'immensité de la nuit ne m'a fait peur et ne m'a donné envie de fouiller un trou et de m'y ensevelir. Nous pouvions nous persuader d'avoir une grande cour de jeu. Pendant le jour, c'était impossible d'y croire, les murs étaient noirs, les barbelés sautaient au visage, un policier avec sa matraque dans chaque recoin, le soleil servant de projecteur, aucune cachette à investir, aucune partie à jouer. Et de toute façon, moi, je n'avais pas le droit de sortir du dortoir des malades.

Les jeux étaient notre langue fraternelle. Écouter nos pas soudain étouffés par l'herbe qui annonçait le mur de séparation, suivre ses cheveux et ne pas lâcher une seconde ce halo blond, toutes mes forces rejointes dans ce but, ne pas le perdre, entendre s'approcher le vent qui faisait frétiller les feuilles sèches de l'eucalyptus à notre gauche près du camp des femmes, attraper avec nos mouchoirs les insectes qui tournaient autour des lampes à pétrole près de l'hôpital, rire en entendant le policier de garde fredonner une chanson avec des hmm hmm hmm très aigus, crouler de rire sans émettre un seul bruit, juste laisser trembler de joie nos corps et en avoir mal au ventre. Lui apprendre comment poser le pied sans bruit, coller les bras contre son corps pour mieux se couler entre deux arbres, marcher sur une ligne imaginaire sans jamais dévier – fermer les yeux et imaginer que nous étions sur un pont au-dessus d'une rivière en crue – et pour la première fois, faire l'avion.

David grimpait sur moi et s'allongeait sur mes bras à l'horizontale, le corps raide, les mains tendues, prêt à s'envoler. Il avait un an de plus que moi, mais, pour une fois, j'étais le plus fort. Son poids de plume, son poids de rien du tout dans les bras, je tournais, je tournais, je tournais dans la nuit. Nous sentions le vent nous battre le visage tandis que la pénombre devenait un tourbillon noir et il nous fallait toute notre volonté pour rentrer ce bonheur si rare dans nos ventres et ne pas crier de joie. Quand nous nous glissions de nouveau dans nos lits, je ressentais cette excitation et cette fierté de ne pas avoir été découvert, j'avais du mal à calmer mon cœur qui battait et je me disais que nous étions très forts à ce jeu-là. Évidemment, nous n'étions que des enfants pour nous croire libres parce qu'il faisait nuit et que nous ne voyions pas le mur et les barbelés. Aujourd'hui, je suis persuadé que les infirmières, les malades, les médecins et même le policier de garde savaient que David et moi jouions dehors la nuit venue, mais ces adultes-là savaient qu'il n'y avait pas d'issue, que nous ne pouvions pas aller très loin de toute façon.

Pendant la journée, je restais dans mon lit et je dormais beaucoup. Je rêvais de mes frères, de ma mère, je rêvais de l'école et je restais le plus discret et le plus silencieux possible. Je voulais qu'on m'oublie, que la nuit arrive vite pour rejoindre David. Il y avait beaucoup d'allées et venues, beaucoup de pleurs, même de la part des infirmières. Parfois, il y avait de la colère aussi, les malades envoyaient les plateaux contre les murs, crachaient et hurlaient, je suppose, leur haine contre cette prison, cette île.

Tous les malades parlaient de bateau, c'était leur obsession constante. Dès que le médecin passait le matin, dès qu'un policier venait faire sa tournée, ils demandaient sans cesse quand repartait le bateau pour Eretz. J'avais compris pendant mon séjour à l'hôpital de la prison que ce n'était pas des gens de notre île et cela avait été très étrange pour moi. Est-ce pour cela qu'ils étaient enfermés ? me demandai-je.

Un matin, avant même d'ouvrir les yeux, j'ai senti un changement dans l'atmosphère du dortoir. D'habitude, c'était toujours très calme le matin, on avait l'impression que les malades avaient du mal à se réveiller, qu'il leur fallait du temps pour réaliser où ils étaient vraiment et peut-être qu'ils rêvaient, la nuit, de leur pays, de leur Eretz, et que quand le jour se levait, ils se raccrochaient à leurs songes et c'est ce qui donnait cette étrange ambiance d'espérance au dortoir à l'aube. Ce jour-là, je sentais, au contraire, un frémissement et quand j'ai ouvert les yeux, les malades étaient presque tous assis dans leurs lits et ça chuchotait dans tous les sens. Quand j'ai croisé le regard de quelques-uns, ils m'ont souri et, pour la première fois, certains m'ont même fait un petit signe de la main. Les infirmières s'étaient regroupées et discutaient, de bonne humeur. Puis, un policier est venu et il a dit haut et fort que, malgré la rumeur, il n'y aurait pas de bateau pour Haïfa ce soir-là et que la guerre n'était pas terminée. Je n'ai jamais oublié cette phrase. Elle n'avait pas de sens pour moi, à l'époque, et pourtant, je devinais que ce qu'elle signifiait était terrible. Il n'y a pas eu de cris, pas de protestations, comme si ce n'était pas la première fois que leurs espoirs étaient balayés. Les malades se sont recouchés, les infirmières sont sorties et c'était à nouveau un dortoir triste et gris.

David m'avait dit que ses parents étaient morts. Quand nous parlions, nous le faisions avec beaucoup de gestes, de mimiques, un peu comme les sourds. Quand il m'avait raconté cela, il avait fermé les yeux, basculé la tête d'un coup sur le côté pour bien me dire qu'ils étaient morts. Ils allaient à Eretz. Est-ce que Eretz, c'est loin ? m'avait-il demandé. Je n'en savais rien mais je lui avais promis de demander à ma maîtresse d'école, qui savait tout.

Je lui ai dit que, moi aussi, j'avais voyagé avant de venir ici parce que c'est comme ça que je voyais les choses à cet âge-là, les kilomètres et les océans ne faisaient pas la différence, David et moi avions quitté là où nous étions nés et nous avions suivi nos parents pour un endroit étrange, mystérieux et un peu effrayant et où nous pensions échapper au malheur.

Je ne sais pas si je dois avoir honte de le dire mais c'est ainsi : je ne savais pas qu'il y avait une guerre mondiale qui durait depuis quatre ans, quand David m'avait demandé, à l'hôpital, si j'étais juif, je ne savais pas ce que ça voulait dire, j'ai dit non parce que j'avais la vague impression que juif désignait une maladie puisque j'étais dans un hôpital, je n'avais jamais entendu parler de l'Allemagne, je ne savais pas grand-chose en réalité. J'avais trouvé David, un ami inespéré, un cadeau tombé du ciel et en ce début d'année 1945, c'est tout ce qui comptait pour moi.

Pour lui dire que mes frères étaient morts, je l'ai imité, j'ai fermé les yeux et j'ai basculé la tête sur le côté. Mais alors, bien sûr, ce nœud qui s'est serré en moi et qui est monté, monté, monté. Nous étions assis derrière l'hôpital, sous l'auvent et, à cinq pas de nous, il y avait le mur de l'enceinte. Il tombait une pluie fine et drue et c'était ma dernière nuit ici mais je ne le savais pas encore. David, orphelin, exilé, déporté, emprisonné, atteint de malaria et de dysenterie, m'a réconforté. Il a approché sa tête de la mienne et aujourd'hui, encore, sur le côté droit de mon visage, il me semble sentir ses boucles douces. J'ai sûrement oublié plein de choses de ces jours passés à l'hôpital mais ses boucles d'or et leur toucher de soie m'appartiennent pour l'éternité.

L'infirmière aux yeux bleus m'a réveillé ce matin-là. Elle a froncé la moustiquaire et a tout ramené en un gros nœud. Avant même qu'elle ne dise un mot ou qu'elle ne fasse un geste pour me signifier de descendre du lit, je savais. Je n'avais d'autre choix que de la suivre. David était assis sur son lit et il m'a regardé sans bouger. J'ai fait un petit salut de la main mais il ne m'a pas répondu. Cela m'a fait de la peine car c'était comme s'il ne me connaissait pas, qu'il regardait au travers de moi, qu'il m'avait déjà oublié. J'ai marché lentement, la tête baissée, avec un pas lourd, tout le poids de mon corps concentré dans la plante de mes pieds. Soudain, derrière moi, un bruit de claquettes. Je me suis retourné. David marchait comme un crabe un peu à gauche, un peu à droite et il faisait des signes avec les mains pour me dire d'attendre. Je me suis arrêté et j'ai souri, j'étais content, je m'étais trompé, évidemment qu'il me connaissait, tout à l'heure il était trop surpris, il ne savait plus quoi faire, voilà pourquoi il avait les yeux vides. Mon cœur est passé d'un coup, telle une pièce qui se retourne, de l'abattement à la joie, mon corps entier s'est redressé comme par magie, mes pieds n'étaient plus de plomb et j'étais prêt à bondir vers lui, à faire l'avion, à sauter, à jouer, à raconter.

Mais cela ne s'est pas passé ainsi. L'infirmière m'a soulevé et, tel un paquet, elle m'a balancé dans les bras poilus et durs d'un policier. J'ai entendu David m'appeler puis crier des choses dans sa langue, mais je ne me suis pas débattu, je n'ai pas hurlé, j'en étais tout bonnement incapable. Une grosse pierre tombait en moi et écrasait tout, ma gorge, mon cœur, mon estomac, mon ventre. Nous sommes passés d'un carré de soleil à un carré d'ombre et le policier m'a tendu à mon père. Ils ont dit des choses dont je ne me souviens plus. Mon père m'avait remis sur le sol et avait gardé sa main sur ma nuque. Sa paume était moite et chaude. De loin, ça pouvait sembler être un geste de tendresse mais ça n'en était pas un. Il me tenait en laisse, voilà la vérité, prêt à me secouer par la peau du cou comme un chien. À un moment, il a ri et il a caché sa bouche avec ses doigts. Il ne faisait jamais ça à la maison.

La grille s'est ouverte, mon père m'a poussé dehors et en un rien de temps, j'étais dans les bras de ma mère. Elle m'a tenu serré contre elle tout au long du chemin et elle courait, ma pauvre mère, pressée de s'éloigner de cette prison. Ma tête était appuyée contre son épaule et j'ai vu les murs disparaître derrière les arbres. Ma mère pleurait et me parlait en même temps. Elle faisait souvent cela. Elle me racontait ce qu'elle avait fait en mon absence, elle s'était tenue tous les matins devant la grille de la prison en espérant me voir, elle avait supplié, tous les soirs, le policier de garde de me donner le pot de lait qu'elle avait acheté, mais il n'avait jamais cédé, elle s'était mise à genoux devant mon père pour qu'il me ramène, mais lui non plus n'avait pas cédé. Avant, l'amour de ma mère m'aurait submergé d'émotions, mais, tandis que nous nous enfoncions dans la forêt, je ne pensais qu'à cela : retrouver David.

7

Ma mère était persuadée que l'hôpital ne savait pas vraiment guérir. Sur mes lèvres encore sensibles, elle appliquait chaque soir une pâte jaune au goût rance, elle massait doucement mes flancs avec une huile épaisse. Elle plaçait ses mains ouvertes à la base de mes côtes, on aurait dit les ailes d'un ange déposées sur mon ventre, elle fermait les yeux et si je restais tranquille, je pouvais sentir battre ses veines. Dans ses mains, il y avait comme un mystère. Elle savait trouver les herbes, les feuilles, elle savait leur parler, entre ses doigts, chaque plante trouvait son destin : guérir, éloigner, soulager, parfois tuer. À Mapou, on la sollicitait pour une douleur, une blessure et en chuchotant, elle donnait le nom d'une plante, quelques indications et si cela fonctionnait, quelques jours plus tard, devant notre porte, nous trouvions un fruit, un légume, une poignée de riz ou du sucre.

Ma mère ne parlait jamais des plantes avec moi mais je sais qu'elle a transmis un peu de son savoir à mon fils. Cela m'a toujours amusé de le voir entretenir méticuleusement son jardin, lui qui travaille dans un monde de technologie et, chez lui, dans sa bibliothèque remplie de romans de science-fiction et de manuels d'informatique, il y a un rayon dédié aux herbes médicinales et à la botanique. Quand je passe le week-end dans sa maison, où l'on entend la rivière dévaler plus bas, je sais que ma mère vit un peu en lui : je le vois ouvrir et refermer ses bocaux remplis de feuilles séchées, je l'observe peser et mélanger je ne sais quelles racines achetées à grand prix, et quand il nous prépare une infusion délicieuse que nous buvons le soir sur la terrasse et que je le complimente sur la boisson, il me répond, non pas que c'est une recette de ma mère, mais il me dit de façon désarmante : c'est grand-mère.

En apparence, bien peu de choses avaient changé depuis que j'étais revenu à la maison en ce début d'année 1945. La forêt nous entourait, parfois elle me faisait l'effet d'une ceinture qui serrait jusqu'à étouffer ma famille, parfois elle me protégeait comme un bouclier. Mon père rentrait le soir et nous nous tenions le plus loin possible de lui. Qu'un jour il recommencerait à abattre sa main sur ma mère, sur moi ne faisait aucun doute, ce n'était qu'une question de temps.

Mais depuis mon retour de l'hôpital, je n'avais plus peur ou, plus exactement, je savais qu'il y avait désormais autre chose que la colère de mon père. Depuis notre arrivée à Beau-Bassin, une grande partie de ma vie et de mon énergie avait tourné autour de cette violence-là. Désormais, ce n'était pas ce qu'il y avait de plus important.

Après l'école, je courais sans m'arrêter, jusqu'à ce que l'air qui rentrait par ma bouche ouverte râpe ma gorge desséchée. Je retrouvais ma cachette devant les barbelés de la prison, et j'attendais David. Les trois semaines qui ont suivi ma sortie, il n'est pas apparu. D'autres prisonniers, si. Toujours à la même heure, quand le soleil était devant leurs yeux, la lumière en biais, et qu'il allait bientôt disparaître derrière la colline où j'étais tapi. Je restais jusqu'à la deuxième sonnerie, celle qui les renvoyait vers leurs quartiers. Parfois, je reconnaissais un patient de l'hôpital, ça me réjouissait et l'enfant naïf que j'étais agitait la main, je savais qu'il ne pouvait pas me voir mais, comment dire, je faisais ce que mon cœur me dictait.

J'étais trop petit pour comprendre ce qui se déroulait sous mes yeux, pourtant le mélange d'appréhension et de curiosité qui m'avait d'abord poussé ici, en espérant voir les vOlEurs, les mÉchAnts et les mArrOns, avait disparu. À présent que je savais ce que cachait l'ombre des allées, que je connaissais les murs qui se dressaient autour d'eux, que j'avais entendu le bruit de l'herbe sous leurs pieds, leurs chants le soir, je les regardais avec beaucoup de tristesse et j'attendais mon ami. Si David ne sortait pas pour la promenade, c'est qu'il était encore à l'hôpital.

Pendant ces longues semaines, je ne désespérais pas. Je faisais cela avec sérieux, avec méthode. Quand je rentrais de la prison, j'étais en sueur et des brindilles, des feuilles et de la boue recouvraient mes vêtements. Ma mère m'attendait en silence, jamais elle ne m'a demandé d'explication sur ces escapades après l'école. Je rentrais sain et sauf, j'étais là avant mon père, c'est cela qui comptait pour elle. Elle prenait mes vêtements, les aérait, les battait avec une sorte de cuillère plate en bois et le matin je les retrouvais presque frais ; à cette époque, je portais les mêmes vêtements pendant une semaine. Le soir, après le dîner, je restais assis dehors, guettant la nature autant qu'elle semblait me guetter. On perçoit très rarement sur le moment le changement en soi, on le voit plus tard, à la lumière des événements et de nos réactions, mais là, assis comme j'étais dans la nuit, immobile, je le sentais, ce changement, j'avais l'impression de grandir, de pousser tels les arbres autour de moi et il me semblait que le souffle de la forêt verte et sombre y était pour quelque chose. Je restais chétif, mes vêtements dansaient sur moi, ma mère pouvait encore fermer sa main autour de mon mollet mais en moi, il y avait cet espoir nouveau, la promesse d'une vie moins solitaire et le lien qui s'était créé entre David et moi.

Je suis certain que s'il avait fallu attendre des semaines et des semaines avant de revoir David, cela ne m'aurait posé aucun problème. J'étais de ces enfants qui apprennent tôt que rien ne s'obtient facilement, vite et sans peine. Quand je me terrais dans mes cachettes et que mes pieds étaient pris d'engourdissement, je ne me levais pas, je ne me secouais pas, je restais là, immobile et il n'y avait qu'à ce prix-là que j'oubliais tout.

Ainsi, pendant des jours et des jours, ma vie s'est résumée à cela : attendre la fin des cours, me couler hors de la classe, courir sans faiblir, sans faillir, les cailloux, les buissons, les branches, la terre et l'obscurité de la forêt n'étaient rien face à mon but. Parfois, en me glissant sous la broussaille, le long des barbelés, le corps à plat sur les feuilles, je tombais dans le noir, le corps lourd tout à coup. Mais j'étais préparé à cela. Je gardais dans une feuille de papier quelques cuillères de cacao que je subtilisais pendant la pause, à l'école. Je gardais également le fruit séché du goûter de l'après-midi, offert par l'école et avec tout ça, je calmais mon tremblement et les petits points noirs qui s'accumulaient devant mes yeux se retiraient peu à peu. Je restais là jusqu'à ce que le dernier des prisonniers disparaisse, que mon père quitte son poste près de la grille et rentre dans l'ombre du manguier, jusqu'à ce que les policiers réintègrent la maison aux bougainvillées et que le tableau redevienne immobile, propre et soigné. Alors je rentrais, à peine déçu, à peine, et, avec le vide qui régnait dans ma petite vie de gosse sans frères, sans jouets, sans rire, sans insouciance, j'étais de nouveau tout à ma résolution de retrouver David et j'attendais le lendemain.

Plusieurs fois, pendant cette période, mon père a fait des grands pas vers nous, lançant ses mains et ses pieds et tout ce que j'ai dit avant reprenait, comme une pièce de théâtre qu'il jouait à merveille. Depuis mon séjour à l'hôpital, mon père avait cependant une nouvelle arme : un bambou qui pouvait faire mal, lacérer et brûler, mais ne pouvait pas fêler les côtes, casser des bras et des nez, éclater des lèvres. Ce nouveau bambou plus épais, plus vert m'avait rappelé Mapou et celui avec des nervures et des nœuds et un bout effilé qu'il avait laissé dans notre maison faite de bouse de vache et de paille et curieusement ce souvenir m'avait apaisé. Je me revois, je m'en approche, le soupèse, regarde à l'intérieur, dans la tige, je suis déçu de ne pas voir la lumière à l'autre bout et je le remets à sa place, contre le mur et m'envahit un sentiment de nostalgie. Peut-être que là-bas, à Mapou, nous étions plus nombreux, j'avais deux frères pour me protéger, et mon père avait des amis et sa fierté, peut-être que là-bas, il était moins pire… Le lendemain des nuits où il nous battait, je restais à la maison, incapable de bouger, les membres lancinants de douleur, les cris encore présents dans ma tête. Ma mère disparaissait dans la forêt et revenait une heure après, avec dans les mains, des herbes arrachées, des racines et des feuilles. Ces jours-là, mon père, sa colère et sa violence gagnaient la bataille et une fois de plus, il occupait toute la place et toute ma nouvelle force et ma superbe détermination s'évanouissaient.

Plusieurs semaines s'étaient écoulées. Comme je l'ai dit, je ne comptais pas les jours, je n'étais pas impatient, je ne m'étais pas donné une date au-delà de laquelle je n'irais plus à la prison. Il faisait très chaud en ce début d'année 1945. Tout autour de notre maison, l'herbe avait séché et bruni. Notre puits s'asséchait de plus en plus et il fallait plonger loin le seau pour ramener de l'eau. Le matin, on sentait déjà le tremblement de la chaleur tout autour. La nuit, les insectes virevoltaient longtemps, affolés par la température et si l'on tendait l'oreille, l'herbe grillée crissait parfois sous les pas d'un rongeur, d'un chat sauvage, d'un chien errant. La forêt avait un peu perdu de son éclat vert et de son épaisseur, elle semblait s'éloigner de notre maison, nous exposant de plus en plus à l'immensité du ciel et aux épées du soleil.

Le jour où j'ai revu David, enfin, les fleurs fringantes et colorées, la pelouse grasse et verte, le manguier à l'ombre et au feuillage épais, les bougainvillées avides et rapides, tout cela avait été comme frappé par un éclair foudroyant et le résultat était un paysage rapetissé, recroquevillé, figé. Mon buisson lui non plus n'était plus le même, et j'avais dû recourir à des branches sèches, des brindilles et des feuilles pour me camoufler. La sonnerie a retenti et, comme chaque jour, mon cœur a commencé à battre un peu plus fort. David est apparu en premier et cela m'a fait un choc, je m'étais toujours préparé à le rechercher, à le débusquer en quelque sorte. Les autres sont apparus lentement et, pour la plupart, ils n'ont pas bougé. David a marché le long de la maison aux bougainvillées, il s'est appuyé contre le mur en bois et il a regardé dans ma direction. À un mètre de lui, un policier n'arrêtait pas d'enlever sa casquette pour s'essuyer la tête avec un mouchoir. Je suis sorti de ma cachette, j'ai rampé jusqu'aux barbelés, le plus près possible du sol. David regardait vers l'endroit où il s'était assis et avait pleuré, où il m'avait vu et m'avait souri avec ce sourire, cette façon de monter un côté des lèvres que j'ai voulu imiter souvent sans autre résultat qu'une grimace tordue. Regarder, ramper, attendre et prier. Je priais que le policier s'en aille, que je puisse me mettre debout, faire un signe, agiter ma chemise, mon sac en toile, lui dire je suis là, ai toujours été là, te laisserai pas dans cette prison, mon Dieu, juste quelques secondes, c'est tout ce dont j'avais besoin.

Mais le policier est resté tout près de David, ils ont même échangé quelques mots et la deuxième sonnerie a retenti. David s'est détaché du mur et il est entré dans l'ombre, suivi par tous les autres. Je n'avais que neuf ans et la patience dont j'avais fait preuve pendant ces longues semaines a disparu d'un coup. Je me retenais de crier le dépit immense que j'ai ressenti, j'ai frappé le sol de mes deux mains et j'ai agrippé les barbelés avec une rage que j'avais rarement connue jusqu'ici. Mes yeux étaient noyés de larmes et la prison n'était plus qu'une image floue. Tout en serrant les dents, j'ai enfoncé mes paumes dans les nœuds de fer, la douleur s'est mélangée à ma colère, j'ai secoué la barrière de toutes mes forces et, avec un bruit étouffé, quelque chose s'est soudain arraché comme une mauvaise herbe. Une partie de la grille en barbelés était sortie de terre. Elle tremblait.

J'aurais pu être frappé par la foudre que ça aurait été pareil. Tout en moi s'est arrêté, la colère qui m'aveuglait, la rage dans mes mains et mes pieds, les larmes qui coulaient, j'étais devenu un bambou sec. Je me suis glissé vers la cachette. J'ai attendu, la peur au ventre, mais personne n'est venu. Je me suis levé et j'ai marché jusqu'à ma maison. Aujourd'hui, comme je me souviens des boucles de David, je me souviens également de l'odeur de rouille et de sang sur mes mains. Dans la forêt, en rentrant, je reniflais mes paumes comme si elles étaient une drogue et à chaque inspiration, une bouffée de sérénité et d'espoir me remplissait.

8

C'est le cyclone qui s'abattit sur le pays dès le soir même qui m'aura le plus aidé dans toute cette histoire. Quand je suis rentré cet après-midi-là, avec l'odeur de rouille et de sang sur mes mains, le soleil était un disque rond et jaune pâle derrière d'épais nuages sombres et nous pouvions le contempler, ainsi caché. Ma mère regardait le ciel, comme elle regardait autrefois les cumulus accrochés à la montagne de Mapou, les mains sur les hanches, reniflant l'air. Je me suis approché d'elle et, sans baisser la tête, elle a ouvert un de ses bras, m'a attiré vers elle et nous sommes restés un moment comme ça. Je m'en souviens encore, la nature et ma mère semblaient être aux aguets et moi, le petit Raj, j'étais, oui, je crois que je peux dire ça, j'étais bien. Juste là, à ce moment précis où ma tête est enfouie dans sa taille et où je sens sa main sur mon épaule et moi, je serre et je serre sa taille, à ce moment-là, je pense à

David, je pense aux barbelés arrachés, la chaleur de ma mère fond sur mes bras et je suis bien. Ma mère était le côté tendre de notre vie de misère, de tristesse et de bambou qui claque sur le corps. Elle m'aimait, elle me protégeait, elle me guérissait, elle me parlait doucement, elle était tendre, me donnait à manger avec ses doigts nus quand j'étais malade et sa patience semblait sans limites. Je n'ai jamais vu cela chez qui que ce soit et c'est grâce à cette patience-là, grâce à sa façon d'aller jusqu'au bout de toute chose, même si cela était pénible et lent, je pense que c'est à cela qu'elle devait ce don avec les plantes. Ma mère a été la chance de ma vie, ce que l'existence m'a offert pour me garder dans les rails, sur le bon chemin, un pilier de force, de bonté, de constance et de renoncement, pour me faire comprendre qu'il y avait autre chose sur terre et, avec elle à mes côtés pendant mon enfance, je ne suis devenu ni fou ni méchant ni désespéré.

Ma mère a porté, toute sa vie, comme moi, la mort d'Anil et de Vinod et comme moi, elle n'a jamais réussi à mettre un mot sur ce deuil-là. On peut dire qu'on est orphelin, veuf ou veuve, mais quand on a perdu deux fils le même jour, deux frères chéris le même jour, qu'est-ce qu'on est ? Quel mot dit ce qu'on devient ? Ce mot nous aurait aidés, nous aurions su de quoi nous souffrions exactement quand les larmes nous venaient aux yeux inexplicablement et quand, des années plus tard, il suffisait d'un parfum, d'une couleur, d'un goût dans la bouche pour tomber à nouveau dans le chagrin, ce mot-là aurait pu nous décrire, nous excuser, et tout le monde aurait compris.

Après un long moment immobile, ma mère m'a dit tout en continuant à regarder le ciel :

– Demain il n'y a pas école.

Et c'était le signal qu'attendaient cette forêt, ces nuages et le monde autour de nous. Le vent s'est levé, a traversé la forêt de part en part, tout a frissonné et, autour de nous, le bois a chanté une longue et belle plainte. Des nuages bas, effilés, et noirs comme des fantômes maléfiques sont passés rapidement au-dessus de nous tandis que ceux collés à la voûte du ciel s'épaississaient davantage, menaçants. Les cimes des arbres dansaient contre le ballet des nuages, une nuée d'oiseaux s'est envolée à toute allure en criant, et derrière nous, tout à coup, un éclair a jailli et comme Anil m'avait appris à faire, j'ai compté pour savoir à quelle distance était le tonnerre. Un, deux, trois, quatre… La terre a tremblé et comme un coup que j'aurais reçu sur la tête, je ne saurais dire pourquoi ça m'a fait cela, mais en une seconde, j'ai remonté le temps et j'ai commencé à hurler. Vinod, Anil, Vinod, Anil !

Le cyclone a duré quatre jours et quatre nuits. C'était nouveau pour nous d'être protégés par des murs, l'eau suintait de partout mais la maison ne s'écroulait pas. Dehors, la forêt craquait, se brisait, résistait, et on aurait dit une meute hurlante entourant notre maison, un être vivant en folie. Mon père était resté bloqué par la tempête à la prison et je me demande s'il a su combien ma mère et moi avons pleuré pendant ces jours. Nous n'avions pas peur de la tempête, nous n'avions pas peur du vent, de la pluie qui mitraillait, des branches et des cailloux qui s'abattaient contre nos murs. Nous pleurions sur mes frères. À l'instant même où le tonnerre a crevé, nous avions eu l'impression qu'une main géante et malfaisante venait nous enlever Vinod et Anil et que la maison de Beau-Bassin, la forêt, la prison, la nouvelle école, les longs mois depuis ce jour à Mapou, que tout cela s'était volatilisé d'un coup, et notre cœur et notre douleur étaient de nouveau à vif. C'est pour des moments pareils qu'il faudrait un mot pour dire ce qu'on devient à jamais quand on perd un frère, un fils.

Au cinquième jour, un ciel pur et une lumière qui éclatait par-ci par-là en bouillons autour de la forêt nous dévoilèrent le paysage dévasté. La clairière était jonchée de bois, de feuilles, de branches, d'animaux morts, de ferraille. Les arbres les plus exposés, en lisière, gisaient à terre, arrachés ou cassés en deux, misérables. La forêt semblait recroquevillée dans un silence incroyable…

Mon père avait mis plusieurs heures à retrouver notre maison parce que tous les chemins avaient disparu et je dois dire qu'il avait l'air content de nous voir. Nous nous sommes mis au travail sans tarder. À la fin de la journée, derrière la maison, nous avons brûlé ce que le vent avait ramené et que nous ne pouvions pas utiliser. Dans un coin, nous avons remisé des morceaux de bois, des branches, du tissu, des bouts de ferraille, à cette époque, tout pouvait servir. Le lendemain, nous avons sorti les tabourets, l'armoire, les nattes à dormir, les ustensiles de cuisine et nous les avons mis à sécher dehors. Une forte odeur de moisi planait dans notre maison et ma mère a allumé dans chaque coin de la maison des minuscules foyers de camphre et de brindilles d'eucalyptus. Dans le soleil, les bols et les casseroles en cuivre de ma mère brillaient comme des bijoux et je ne me lassais pas de les admirer. Ce soir-là, mon père est rentré sobre, sans chansons, sans injures mais avec un sac de nourriture. Nous n'avions plus rien à manger. Il avait rapporté des pommes de terre, des aubergines, des mangues et un giraumon. Les mangues étaient molles et leur peau noire. Au centre de chaque pomme de terre, un noyau noir de pourriture germait. Le giraumon était imbibé d'eau, translucide et piqué de moisi vert et pour atténuer l'amertume des aubergines, ma mère les avait fait revenir avec l'ingrédient favori du pauvre, car il cachait le goût passé de tout aliment : du piment. Notre langue brûlait et nous préférions cela au goût amer.

Quelques jours plus tard, je m'enfonçai enfin dans la forêt. Il y régnait un silence effrayant. Tous mes repères, mes endroits favoris, mes cachettes, mes secrets avaient disparu : les manguiers, les banians, les eucalyptus, les nids, les trous, les bosses, les fourmilières, la courbe d'un arbre, un sentier, une source d'eau, les racines sur lesquelles je m'asseyais. Tout était dans tout, les stipes rejoignaient les racines, des coulées de ciel apparaissaient là où il y avait, avant le cyclone, une ombre rafraîchissante, parfois la terre s'était effondrée sur elle-même, à l'image de nous, les hommes, tombant à genoux devant la force d'un malheur, et des milliers de vers grouillaient, se nourrissaient du désastre dans la cuvette ainsi créée.

J'ai atteint l'autre bout de la forêt à grand-peine. Le sentier de ronde qui entourait la forteresse de Beau-Bassin avait disparu sous les arbres terrassés et la boue. J'ai tourné à gauche et je me suis frayé un chemin jusqu'en haut de la montée, là où s'arrêtait le mur et commençait la ligne de barbelés. Il y avait des cris dans la cour de la prison.

Mon père et les policiers étaient collés à la grille d'entrée. Dans la cour, les prisonniers s'étaient regroupés et ensemble ils avaient l'air moins pâles, moins faibles. Ils criaient, lançaient les bras en l'air et plus ils s'approchaient de la grille, plus mon père et ses acolytes s'aplatissaient dessus. De l'autre côté, la voiture noire du directeur de la prison brillait sous le soleil. Le manguier avait été arraché et gisait maintenant sur la maison aux bougainvillées. Ses racines faisaient penser à une énorme fleur et je n'en revenais pas de voir abattu ce géant à l'ombre épaisse, au feuillage serré, aux fruits juteux. Le manguier avait éventré le bureau du directeur. La cour de la prison ressemblait à la clairière autour de notre maison, jonchée de débris, il ne restait rien de la pelouse grasse et verte, rien des fleurs douces et colorées. Finalement, cette prison de Beau-Bassin où étaient enfermés des Juifs refoulés de Palestine ressemblait à ce qu'elle était vraiment : une chose monstrueuse.

J'étais si occupé à observer le paysage dévasté, à suivre la révolte, que j'en avais un peu oublié David. Je pensais qu'il était au milieu de ce groupe qui criait, il n'en pouvait être autrement. La portière de la voiture noire s'est ouverte, le directeur en est sorti, droit dans ses habits amidonnés, ganté. Il a regardé avec mépris les prisonniers qui continuaient à crier, puis il a craché. Cela m'a étonné, venant d'un monsieur comme cela, c'était un gros crachat de dégoût pour lequel il avait pris de l'élan avec sa tête. Les cris ont redoublé, des poings s'agitaient dans l'air, la foule des prisonniers se rapprochait de plus en plus de la grille, indifférente aux matraques que les quelques policiers faisaient siffler devant eux. Je commençais à m'inquiéter de ce qui allait arriver et, à ce moment-là, j'ai senti une main froide sur mon épaule.

Même aujourd'hui, bien que ça me fasse un peu rire, je me souviens de la peur soudaine, telle une décharge électrique, qui m'a fait lâcher un cri et bondir. Comme j'étais accroupi et concentré, je n'ai pas pu me mettre à courir alors que tout en moi s'arrachait de là. Non, pour la première fois de ma vie, je me suis emmêlé les pieds, moi le roi du départ en flèche, je suis tombé à la renverse. Et pendant que j'étais à terre et que mon cœur menaçait d'exploser, j'ai vu, derrière moi, un garçon aux cheveux blonds. Éclaté de rire qu'il était, ce sacré David.

Comment décrire David quand il riait comme cela ? Il lançait la tête en arrière, secouait les épaules, frappait ses cuisses de ses mains, ouvrait grand la bouche, balançait son corps d'avant en arrière, fermait les yeux, hoquetait et je n'avais jusque-là jamais vu quelqu'un rire comme cela, sans retenue, rire de la tête aux pieds en somme. Je lui ai donné une bourrade amicale, feignant d'être vexé et voilà, cet après-midi du mois de février 1945, nous étions deux gamins normaux et blagueurs, indifférents à la gravité de la situation.

David avait profité de la pagaille après le cyclone. J'imagine sans peine que ces prisonniers-là, venus de Tchécoslovaquie, de Pologne, habitués à une nature qui prévient, à des demi-saisons, avaient cru que la fin du monde était proche. David m'a raconté son escapade avec de grands gestes. Il s'était approché de la grille, m'avait cherché. Personne ne l'avait vu, la foule qui manifestait le protégeait des regards des policiers et de mon père. Il m'a appelé et je me souviens que mon cœur s'est serré quand il me mimait cela, plaçant ses mains autour de sa bouche, Raj, Raj, Raj, Raj, es-tu là?, et il n'y avait, à ce moment-là, que le silence et les ravages du cyclone pour lui répondre. J'ai souri quand il m'a montré la grille sortie de la terre, il était tout content d'avoir découvert cela, tout étonné, comme moi je l'avais été quelques jours avant.

Aujourd'hui, quand je ferme les yeux et que je le revois, assis à côté de moi, autour de nous un désordre de branches, de feuilles, d'ombre, m'expliquant son évasion, j'ai du mal à croire que ce petit garçon blond et maigre avait dix ans. Je le dépassais d'une bonne tête, je pouvais le porter, il était encore plus chétif que moi et pourtant à l'école j'étais le plus maigre de ma classe. Ses jambes étaient blanches, presque translucides, et il avait une peau tremblante comme celle des vieux, qui menace de se déchirer à chaque mouvement.

À l'époque, je n'avais pas la moindre idée du temps qu'il avait passé ici. David avait l'impression d'être là depuis très longtemps et pour moi cela ne voulait rien dire. Nous sommes restés dans cette cachette humide, à regarder l'agitation dans la cour. David gigotait beaucoup. Je me suis dit qu'il faudrait lui montrer comment se tenir immobile, grimper aux arbres, courir sans bruit, se faufiler entre deux troncs, s'enfoncer dans la terre, se couler derrière une porte et la pensée même de toutes ces choses, désormais, qui nous attendaient, de toutes ces journées remplies avec David, me donna une telle joie que je dus me faire violence pour ne pas me lever, l'emmener avec moi et commencer ma nouvelle vie tout de suite.

Soudain, nous entendîmes un moteur, des claquements de portières et des dizaines de policiers avec leur gourdin à la main firent leur apparition à côté de la voiture noire. Comme par magie, la porte en fer de la prison s'ouvrit et ce qui se déroula pendant quelques minutes fut quelque chose de bien laid à voir pour deux enfants. Les policiers chargèrent les prisonniers. Mon père se retrouva à terre et tandis qu'il rampait péniblement vers le manguier terrassé, les prisonniers, surpris, se dispersèrent aussi rapidement que possible. Certains couraient aussi vite qu'ils le pouvaient, dans tous les sens, vers leur dortoir ou vers nous, mais ils étaient vite rattrapés par des policiers et s'ils n'obéissaient pas tout de suite, s'ils n'allaient pas se mettre à genoux devant le perron de la maison éventrée, ils étaient traînés sans façon. Leurs pieds raclaient le sol, perdaient leurs chaussures, ils se débattaient mais la force leur manquait. J'aurais souhaité ne jamais avoir assisté à cela. Les policiers hurlaient, les gens criaient, pleuraient et David se mit à sangloter aussi, sans se retenir, comme tout à l'heure il avait ri de tout son cœur. Je mis mon bras autour de son épaule car je ne savais que faire d'autre et c'était comme si la tempête était revenue, avec son vacarme et son désir de tout casser.

Dans notre direction est soudain arrivé un garçon, il avait peut-être quinze ou seize ans, il avait pris de l'avance sur les deux hommes qui le poursuivaient. Il s'est jeté contre les barbelés, je me souviens encore de son visage plein de rage, il n'avait pas peur ce jeune homme, il n'avait peur de rien, même pas des grilles, je me souviens de son corps qui s'est écrasé sur la grille avec un bruit de ferraille, du cri qu'il a étouffé et des ordres des policiers juste derrière lui. Tout se passa si vite. David s'élança et en une fraction de seconde, je crispai mon bras sur son épaule et me jetai sur lui. Je ne sais pas si le jeune homme nous a vus, je ne sais pas s'il s'apprêtait à escalader les barbelés, je ne sais rien, je me souviens de cette chose qui m'a saisi, cet instinct qui m'avait fait hurler dans la tempête pendant des heures le jour de la mort de mes frères et jeter le bâton d'Anil dans la rivière. Cet autre Raj en moi s'est écrasé sur David et lui a mis la main sur la bouche, le paralysant. À un mètre de nous, les policiers ont immobilisé eux aussi le jeune homme à coups de gourdin dans les reins et l'ont traîné jusqu'à la maison éventrée. Je n'ai pas regardé David, non, je n'aurais pas pu soutenir son regard mais je sentais toutes ses forces sous moi qui poussaient, qui luttaient et pendant que je le maintenais à terre, je pleurais, je pleurais, je demandais pardon. Quand je repense à ça, je me rassure comme je peux, je me dis que si je n'avais pas fait cela, les policiers auraient découvert David, l'auraient ramené, auraient fouillé la forêt, consolidé la barrière. Ils m'auraient découvert aussi et qui sait ce qui m'aurait été réservé, dans la prison et ensuite, entre les mains de mon père. Et j'aurais été seul à nouveau.

Je suis vieux maintenant et je peux le dire, avec honte, avec chagrin, en baissant ma tête le plus possible. Voilà ce que j'ai fait et j'avais neuf ans : j'ai empêché David d'aider un de ses camarades, un Juif comme lui, enfermé parce qu'on ne savait pas quoi faire d'eux et si je n'avais pas agi de la sorte, David serait peut-être encore vivant aujourd'hui.

9

Je me demande encore pourquoi il m'a suivi. Quand je l'ai lâché, des marques rouges imprimaient le contour de sa bouche, là où mes mains l'avaient bâillonné. J'ai demandé pardon encore une fois, j'ai dit que je ne voulais pas que les policiers le voient, j'ai imploré son pardon encore et encore mais cela n'a servi à rien. Je ne pouvais revenir en arrière, je ne pouvais défaire ce que j'avais fait.

Les mots se bousculaient dans ma gorge, sortaient de ma bouche en désordre, comme dans un rêve lorsque l'on essaye désespérément de parler, et j'aurais souhaité qu'il comprenne ma langue maternelle pour que les paroles coulent plus facilement, pour que je puisse lui dire le mot exact, le sentiment juste. Alors je me suis tu pendant qu'il me fixait avec des yeux immobiles et secs, son visage blanc, sa bouche striée de rouge et je m'attendais presque à ce qu'il me frappe, je serrais déjà les épaules et les poings pour parer les coups. David a détourné la tête et il a regardé longuement la prison. Des larmes silencieuses ont roulé sur ses joues de façon si brutale que j'ai eu peur que cela ne s'arrête jamais. Pour la première fois depuis que je le connaissais, il était immobile comme moi je l'étais d'habitude et je crois que c'était le chagrin qui nous donnait tant de raideur au corps.

Je ne savais que faire, que dire, tout se bousculait en moi, mes sentiments et mes pensées étaient pris d'une frénésie sans pareille. Et je pensais à mes frères et à notre rivière et à Mapou et non pas à leur mort pour une fois, non je pensais à eux tout simplement, à leur présence affectueuse – je sais que l'homme que je suis devenu leur doit beaucoup, car Anil et Vinod m'ont aimé de la façon la plus simple et la plus dévouée qui soit, sans laisser notre misère quotidienne aigrir et tourner nos sentiments. Il faut beaucoup de bonté et de force pour cela. Je pensais au nuage de vapeur au-dessus du champ vert ondulant, à ce parfum liquoreux qui se dégageait des cannes coupées quand venait la récolte et que dans l'air flottaient les pollens des fleurs. Et je pensais à ma vie d'après, à ma mère, son courage et ses mains écartées devant mon père et lui, lui, lui, toujours lui pour casser, briser, empêcher de construire quoi que ce soit. Et David et l'école et la prison et la forêt, et les adultes qu'on traîne sur l'asphalte qui déchire la peau et ce jeune homme qui se jette sur les barbelés qui meurtrissent, et moi, si triste, si faible, moi qui me jette sur David, qui le paralyse avec des forces venues d'on ne sait où, qui le bâillonne en lui mettant le poignet entre les dents, qui supporte sans broncher cette morsure. Et notre nouvelle vie à Beau-Bassin qui semblait plus facile, mais qui ne l'était pas, car elle était entourée d'une grande solitude désormais sans mes frères, sans les voisins, sans l'usine, sans la rivière et son eau légèrement sucrée, sans le champ de canne et la cheminée de l'usine d'où sortaient ces nuages merveilleux.

Dans le buisson à côté d'un David immobile et en colère, me vint l'idée saugrenue et insoutenable que j'avais peut-être été heureux là-bas, dans le taudis de Mapou.

Mon cœur battait plus vite et je me sentais perdu, au bord de l'évanouissement. Un poids me pesait sur l'estomac et un sentiment diffus dont je ne pouvais, à l'époque, identifier la nature exacte m'envahissait. Je crois que tout ce que je vivais depuis la mort de mes frères, chaque instant passé dans la maison au fond des bois, mes après-midi consacrés à la prison, la violence accrue de mon père, notre vie à trois, la scène terrible à laquelle je venais d'assister, je crois que tout cela m'éloignait de mon enfance et même si celle-ci n'avait pas été reluisante, je m'y accrochais encore et encore malgré tout. Ce sentiment, comme une nausée qui monte et qui descend, c'était la perte de l'enfance et la conscience que rien, plus rien, ne me protégerait désormais du monde terrible des hommes.

Je ne savais pas quoi faire et pourtant je ne pouvais rester là. Je me suis donc levé et j'ai regardé David. Les larmes avaient tracé deux lignes sur son visage sali par la boue et la poussière. Il s'est levé aussi et voilà, sans un mot, sans un sourire, sans un regard, il m'a suivi.

Il restait derrière moi et je n'avais de cesse de me retourner, pour m'assurer de sa présence. Dans la forêt, David s'est rapproché de moi, je crois qu'il avait peur, nous marchions sur des branches, des troncs à terre et ce sol-là n'était pas très solide. Nous avions à peine fait quelques pas que David glissa sur des branches humides et s'étala de tout son long. Il me regarda avec douleur et quand je l'aidai à se relever, je lui dis ces mots-là, exactement ceux-là, dans cet ordre-là :

– Reste avec moi, fais comme moi et nous n'allons pas nous séparer. C'est promis.

Ce ne sont pas des mots extraordinaires, mais je me souviens que je les avais séparés en les prononçant, comme si je soupesais chacun d'entre eux, comme si j'apprenais à les dire pour la première fois et pourtant, je n'avais pas réfléchi, cette phrase simple m'était venue naturellement car c'est ce que mes frères m'auraient dit et ce que moi j'aurais dit à mes frères s'ils avaient eu besoin de moi.

La tension qu'il y avait entre nous, nos visages figés, sa colère, ma honte, tout ceci s'est dissipé tranquillement dans la forêt meurtrie. Et pendant les jours qui suivirent et que nous allions passer ensemble, jusqu'au bout, je suis resté avec lui, je l'ai protégé du mieux que j'ai pu et il s'en est fallu de peu pour que je respecte ma promesse tout entière comme un homme de parole.

Pendant cette première traversée de la forêt, je lui ai tenu la main souvent. Je lui ai montré comment tester la solidité d'une branche à terre. Y poser le pied, la faire bouger pour vérifier qu'elle ne roule pas, s'y appuyer un peu, ne pas y rester debout longtemps, être toujours en mouvement et surtout utiliser les mains le plus possible pour s'accrocher et répartir le poids de son corps. Je dois dire que cela ne fut pas facile. David glissait, m'entraînait avec lui et nous nous sommes retrouvés souvent dans la boue. Cette forêt-là était aussi nouvelle pour lui que pour moi, mais j'essayais de faire bonne figure, garder le cap, repérer les détails que j'avais notés à l'aller. J'essayais de me rappeler ce que faisait Anil quand nous allions dans un endroit pour la première fois et que nous comptions sur lui pour notre sécurité, j'essayais de me rappeler son visage, son sourire rassurant, son attitude de grand frère pour l'imiter. Quand nous avons enfin aperçu la maison, nous étions trempés, sales et fatigués.

Ma mère était dans la clairière et elle tenait quelque chose dans ses mains qu'elle ne lâchait pas des yeux. Elle avançait prudemment vers nous comme si elle avait senti notre présence. De loin j'ai pensé qu'elle avait un bol plein à ras bord de lait frais de vache et qu'elle ne voulait pas en renverser une goutte, à cette époque, le lait frais était un luxe pour notre famille. David s'est caché derrière moi et je lui ai dit que c'était ma maman. Nous avons marché comme cela et ma mère tout en fixant ses mains me disait viens Raj, viens voir ! Je m'avançais vers elle à pas de loup, essayant de trouver une explication à la présence de David, tout en sachant que je ne pouvais pas lui parler de la prison. Je n'avais jamais menti à ma mère mais je ne pouvais pas lui dire que David était un des prisonniers de la geôle de Beau-Bassin. Parce que, au fond, pour les autres, pour mon père, pour les policiers, pour le directeur, pour les rares habitants de Beau-Bassin qui étaient au courant : il était un vulgaire prisonnier que l'on gardait vingt-quatre heures sur vingt-quatre entre de hauts murs. Un mÉchAnt, un mArrOn, un vOlEur.

J'étais à deux pas de ma mère. Évidemment, je n'avais rien trouvé d'intelligent à dire. David s'est décalé un peu vers la droite et il a dit, en redressant le dos :

– Bonjour madame, je m'appelle David et je viens de Prague.

Ma mère a froncé les sourcils, m'a regardé comme pour me sonder et découvrir la vérité, a entrouvert la bouche et alors il s'est passé quelque chose d'incroyable, comme dans les contes merveilleux. Ma mère tenait entre ses mains une perruche rouge. C'était à l'époque un oiseau rare. Si ma mère avait le pouvoir de tuer les rats, les serpents et les scorpions avec des mixtures dont elle détenait le secret, elle avait aussi la bonté de recueillir des oiseaux et de les réchauffer dans ses mains, de leur donner à boire, sa paume en sébile, indifférente aux coups de bec, patiente et tendre. Elle avait recueilli la perruche et je pense qu'elle l'avait nourrie de ces graines magiques qu'elle sortait de nulle part.

Surprise par la présence de David, par ses mots, ma mère a eu un mouvement de la main et la perruche s'est envolée. Nous n'entendions que le battement de ses ailes et nous étions éblouis par sa couleur rouge et vive qui se découpait contre le ciel bleu. Tel un enfant qui apprendrait à marcher, sa vigueur est retombée un peu, la perruche est redescendue en dessinant un cercle et elle s'est posée sur la tête de David. Il faut imaginer cet oiseau majestueux tout en plumes rouge vif et douces, coiffé d'une houppette hérissée, des yeux frétillants et noirs, une longue queue de deux ou trois longues plumes comme une traîne de reine, se poser sur les boucles blondes de David, comme si de nos trois têtes il avait choisi la plus accueillante.

David s'est figé, ses yeux se sont arrondis et tout ce qu'il a trouvé à dire c'est : oh oh oh oh et ma mère a éclaté de rire. Je ne me souvenais plus quand elle avait ri de la sorte la dernière fois, c'était en tout cas quand mes frères étaient encore là. Le cœur m'est monté à la gorge et j'ai ri et pleuré en même temps de voir l'oiseau rouge sur la tête blonde de David, la mine effarée qu'il faisait, d'entendre le rire de ma mère et de me rendre compte que dans la mort mes frères avaient failli emmener avec eux le rire de ma mère.

Puis, la perruche s'est envolée en traçant d'une traînée rouge dans l'air le cercle que nous formions, ma mère, David et moi. C'était magnifique et irréel de la voir tourner comme cela, on aurait dit qu'elle nous scellait, on aurait dit qu'elle nous bénissait, on aurait dit qu'elle se nourrissait de nous avant de disparaître, on aurait dit un rêve que nous faisions ensemble, tous les trois, en même temps. Nous sommes restés immobiles, personne n'osant briser le cercle imaginaire, à la suivre du regard jusqu'à ce qu'elle soit avalée par le ciel bleu et la forêt verte.

Ma mère a soupiré comme pour reprendre son souffle et m'a demandé :

– C'est ton camarade ?

Sans attendre ma réponse, elle a regardé David avec beaucoup de bienveillance, comme si celui-ci avait réussi un rite ou quelque chose de la sorte. Ma mère était de ces femmes qui croient aux signes. Une perruche rouge après un cyclone, un oiseau faible qui reprend des forces et se pose avec naturel sur la tête d'un garçon avant de dessiner des cercles au-dessus de trois personnes, ma mère ne pouvait ignorer cela et je suis sûr qu'elle a en fait une prédiction, une promesse divine, un salut du ciel. Pas une question, pas l'ombre d'un soupçon dans ses yeux, elle a accueilli un petit garçon sale et fatigué dans sa maison. À l'époque, j'avais été soulagé de sa réaction bienveillante, comme un enfant qui échappe à une punition, mais je me rends bien compte de l'invraisemblance de la situation. Nous ne fréquentions pas les Blancs de notre pays, nous ne les voyions quasiment jamais et à l'école je n'avais aucun ami. Il faut croire qu'il y avait autre chose dans le cœur de ma mère, à ce moment-là.

Dès que nous sommes rentrés dans la maison encore humide et sentant le rance, j'ai pourtant commencé à avoir peur. L'après-midi déclinait, le ciel teinté de rose annonçait une nuit claire et étoilée, mais aussi l'arrivée de mon père. Nous avons mangé du riz fricassé, assis sur les tabourets de Mapou – c'est ainsi que nous les appelions depuis que nous étions ici, à Beau-Bassin. Mes parents les avaient obtenus d'un vieux menuisier du village à côté du camp qui travaillait le bois en échange des corvées d'eau et de bois qu'Anil effectuait pour lui et à l'époque, tandis que les autres habitants du camp continuaient à prendre leurs repas assis en tailleur au sol, nous nous sentions bénis et chanceux de poser nos derrières sur ces tabourets grossièrement taillés et qui nous laissaient parfois des échardes dans les cuisses. Je pense que ma mère ressentait la même angoisse que moi, car bien qu'elle ne pût ou ne voulût pas savoir d'où venait David, elle savait en revanche que mon père n'aimerait pas un étranger chez nous. Pourtant, à chaque fois que je rencontrais son regard, elle me souriait et son visage était serein.

J'ai dit que la maison de Beau-Bassin était incomparable à côté de notre taudis de Mapou et pourtant, elle était misérable aussi. Nous avions une cuisine et une chambre, voilà tout. Ma mère et moi dormions dans la chambre, sur nos nattes, moi contre le mur et elle, à côté de moi, le visage tourné vers la cuisine. Dans cette pièce, il y avait une armoire en bois qui préservait nos vêtements, nos sandales de rechange, les draps et, au fond, dans une sorte de recoin que seuls possèdent les meubles mal fichus, je cachais tous les soirs avant que mon père ne rentre et ne veuille les détruire : mon ardoise, mes craies de couleur (blanche, rose et bleue), mon éponge, le cahier avec des lignes serrées dans lesquelles je pouvais caler mon écriture et mes calculs, le crayon à papier, la gomme et mon gobelet en aluminium. Le cahier et la gomme m'avaient été offerts par Mademoiselle Elsa à la fin des classes de l'année passée pour me féliciter de mes progrès scolaires.

Quand je serai mort et que mon fils videra ma maison, il trouvera sur mon armoire une petite valise bourrée de gommes que j'ai amassées durant toute ma vie. Je ne pouvais m'en empêcher, à chaque voyage dans l'île ou à l'étranger, j'achetais des gommes de tailles et de couleurs différentes. Mon fils n'y comprendra rien, il y verra une lubie de vieux. Peut-être devrais-je lui expliquer que c'était ma façon à moi de tromper l'usure du temps, de retarder la mort et d'entretenir l'illusion que l'on peut tout effacer pour mieux recommencer.

Dans la cuisine, il y avait des clous au mur pour y accrocher les casseroles en cuivre, mon sac d'école et celui de mon père. D'autres ustensiles étaient empilés sur une table basse en bois et en dessous de la seule fenêtre de la pièce, il y avait l'âtre sur lequel ma mère cuisinait.

La maison avait deux portes, l'une donnant au nord, vers la prison, qui nous servait de porte d'entrée et l'autre qui s'ouvrait sur notre petite cour aménagée que le cyclone venait de détruire. Un potager, un lavoir, un débarras en tôle pour le bois, les outils, des cordes à sécher étendues entre la maison et le débarras, le puits juste à côté. Après cela, la forêt, encore et toujours. Mon père dormait dans la cuisine et ce jour-là, quand David passa la nuit à la maison, mon enfance s'éloigna encore un peu plus. Ma mère tira sa natte dans la cuisine, l'installa à côté de celle de mon père et quand elle nous coucha, David et moi, elle descendit le rideau qui séparait les deux pièces. Depuis notre arrivée ici, ma mère dormait toujours près de moi et ce rideau nous séparait de mon père.

Je n'ai pas besoin d'en dire beaucoup plus sur cette nuit-là. J'entendis mon père demander d'une voix forte à ma mère si j'étais déjà couché et puis, il y eut des chuchotements et un silence qui m'effrayèrent encore plus que le cyclone. Évidemment, j'étais trop jeune pour comprendre ces choses-là et pourtant, quelque part, je savais. David dormait, épuisé, et je me promis de garder les yeux ouverts jusqu'au matin, pour parer à toute éventualité, mais l'enfant que j'étais s'assoupit profondément.

Le lendemain était de ces journées faciles et délicieuses que la vie offre sans que vous demandiez quoi que ce soit et je suis sûr que si David était encore vivant, il garderait le même souvenir ému que moi de ce jour. Ma mère avait fait du riz au lait avec du sucre, de la cardamome, et pour épaissir ce petit déjeuner car il y avait vraiment peu de lait, elle y avait mélangé une cuillère de farine. Nous avons mangé cela avec bonheur, David en redemanda, ma mère racla le fond de la casserole et David remercia ma mère en l'embrassant sur la joue. Je bondis pour faire pareil et ma mère rit comme le jour précédent. Après le petit déjeuner, nous nous sommes mis au travail pour recréer le potager. Nous avons creusé des nouveaux sillons, planté des boutures et des graines que ma mère avait préservées, nous avons joué avec trois fois rien, de l'eau, de la terre, des bâtons, nous avons couru à perdre haleine autour de la maison avec ma mère qui disait attention attention, nous avons joué à faire l'avion. Nous avons repris nos jeux de la prison, comme si nous nous étions quittés la veille. Pas de gardien, pas de policier pour nous surveiller, nous pouvions hurler notre joie.

Je montrai mes trésors à David et j'appréciai beaucoup que mon nouvel ami les respecte tant. Il me demanda la permission, prit le cahier dans ses mains et doucement fit défiler les pages comme s'il s'était agi d'un testament de l'Égypte antique. Nous fîmes une incursion dans la forêt et je lui appris à grimper aux arbres. David était fait pour un métier noble, pianiste ou poète, mais pas pour être comme moi, garçon sauvage. Mon corps se pliait à la nature, épousait les arbres, s'y accrochait et sans même réfléchir, je pouvais grimper dans un arbre en deux temps trois mouvements. David, c'était autre chose et c'était la première fois que je rencontrais un garçon pareil. Il regardait l'arbre, tournait autour, essayait de repérer les endroits où il fallait mettre le pied, accrocher sa main, c'était un intellectuel, ce garçon.

C'est aussi ce jour-là qu'il m'a montré sa médaille et qu'il m'a parlé de l'étoile de David et moi, pauvre idiot, pauvre naïf, pauvre gosse né dans la boue, moi, vexé comme un pou. Et puis quoi encore ? Peut-être que la forêt s'appelle la forêt de Raj ? Comment une étoile pouvait porter son nom, hein, pouvait-il me le dire ? Il me prenait pour un gaga ou quoi ?

Mon ami serra son étoile et me dit que ce David-là était un roi. Et alors ? Raj aussi voulait dire roi !

Bien vite, le jour déclina. David trouva des fleurs sauvages jaunes et rouges qui étaient sorties de terre juste après le cyclone. Il en fit un bouquet qu'il donna en rentrant à ma mère. C'était la première fois que je voyais quelqu'un offrir un cadeau pareil et je me souviens de ma mère avec ce bouquet à la main, ne sachant quoi en faire ou ne voulant pas s'en séparer. Elle avait le rouge aux joues et un sourire timide. Même à neuf ans, même à peine éduqué et pas vraiment au fait des manières du monde, j'étais soufflé par la beauté du geste et je n'ai jamais oublié. J'ai offert des fleurs à ma femme à notre premier rendez-vous et, bien que cela semble aujourd'hui ordinaire et peu original, je peux vous dire que c'était quelque chose à l'époque et la jeune fille qui allait m'épouser quelques mois plus tard avait eu le rouge aux joues, aussi. Je l'avais rencontrée à la bibliothèque municipale. Elle était assise devant moi, étudiant, elle aussi, pour le concours de professeur des écoles et j'avais remarqué d'abord les minuscules cheveux qui dessinaient comme des virgules sur sa nuque fine. Elle ramenait, à cette époque, sa longue chevelure en un chignon et, parfois, j'avais une irrésistible envie de souffler doucement sur son cou. Je lui avais adressé la parole pour la première fois la veille des examens et lui avais proposé d'aller boire un lait glacé sur le port. J'avais dit cela sans espoir et je me préparais déjà à une réponse négative, mais elle me regarda très franchement et me dit que si elle réussissait ses examens, elle m'attendrait sur le port le lendemain des résultats, à 11 heures. Elle était comme ça, ma femme, elle faisait les choses l'une après l'autre, avec sérieux et je crois que je suis tombé amoureux d'elle ce jour-là. Quand j'attendais les résultats de l'examen, j'espérais pour moi, j'espérais pour elle et d'une certaine façon, j'espérais pour nous. Trois mois plus tard, j'ai fait un bouquet avec des roses en grappes du jardin de ma mère et sur le port, elle m'attendait.

Le deuxième soir, alors que David et moi étions couchés comme la nuit précédente, nous entendîmes mon père de loin. Il injuriait la terre entière et se rapprochait, se rapprochait. Il appelait ma mère, la menaçait déjà et mon nom aussi revenait dans sa bouche ivre et à quoi bon que Raj signifie roi, à quoi bon donner à son fils un nom pareil, dans ces moments-là Raj n'était rien de plus qu'un garçon effrayé et, bientôt, courbé sous des coups.

Ma mère déboula dans notre pièce, nous regarda l'un et l'autre comme si elle se demandait lequel choisir, enroula rapidement David dans un drap et le prit dans ses bras, comme un bébé. Elle sortit par la porte de derrière et le posa à côté du lavoir en pierre. Cache-toi, ne bouge pas, avait-elle dit sans les mots, sans un son, juste le tremblement de son corps d'adulte et son doigt posé sur les lèvres.

J'ai oublié ce que je faisais, moi, pendant ces quelques minutes avant que mon père n'entre avec, dans les mains, une branche qu'il avait ramassée sur le chemin car son nouveau bambou avait disparu dans le cyclone. Je priais, probablement. Je ne sais pas ce que David faisait, recroquevillé dans le noir, entouré par la forêt ravagée, la pierre froide du lavoir contre son flanc, tandis que derrière lui notre bourreau se déchaînait.

Il se peut que les souvenirs me jouent des tours, mais je crois bien que mon père se fatigua de nous et tomba bien vite dans son sommeil éthylique. Bien sûr, j'avais ressenti la morsure du bois sur mon corps, bien sûr des marques bleues et sombres imprimeraient sur ma peau la violence de mon père comme les sceaux appliqués aux animaux, bien sûr j'avais pleuré de toute mon âme sans un mot parce que cela l'énervait encore plus si par malheur m'échappait un cri ou un gémissement et avec le temps nous avions appris à sceller nos bouches et à laisser couler les larmes. Mais il me sembla ce soir-là que j'eus moins mal et moins peur que les autres fois, que je pensais autant à David qu'à ma mère, que, contrairement aux autres fois, je ne tournais pas en rond comme un chien effrayé avant de mouiller mon pantalon et que ce théâtre violent dura moins longtemps que d'habitude.

10

Dans la nuit, ma mère partit chercher David et nous nous couchâmes tous les trois dans la pièce attenante à la cuisine. David tremblait et je ne savais pas si c'était de peur ou de froid. Elle l'installa tout contre le mur, moi au milieu et elle au bout. Nous étions silencieux, apeurés et fatigués. Elle nous fit boire à tous les deux une infusion chaude qui avait le goût de la citronnelle et David lui dit merci plusieurs fois, la voix tremblante, comme s'il ne la remerciait pas que pour la boisson mais pour autre chose. J'ai l'impression de m'être endormi à la seconde où j'ai posé la tête sur mon tapis et je n'ai pas besoin de chercher bien loin pour comprendre que ma mère nous donnait des boissons qui faisaient dormir et oublier justement.

Quand j'ouvris les yeux, mon père était déjà parti, le soleil dessinait une flaque blonde dans la chambre et j'entendais David parler à ma mère. Je sortis et je les vis accroupis, classant par je ne sais quel ordre des racines, des feuilles et des brindilles que ma mère avait récoltées à l'aube. Ma mère articulait lentement les noms des plantes et David les répétait en faisant semblant de ne pas remarquer l'œil gonflé et fermé de ma mère. Quand il me vit, il se jeta dans mes bras et sa tendresse fut ce matin-là un merveilleux cadeau. Mon corps m'élançait et ma mère me prépara un bain de safran avec des feuilles de lilas et quelques racines. Je me souviens de ce bain comme d'un baume qu'on aurait passé sur tout mon corps. Nous avions décidé d'aller cueillir des mangues vertes pour le déjeuner quand soudain nous entendîmes la voix de mon père à la lisière de la forêt. Ma mère s'élança vers David et le poussa dans le débarras que nous avions remis sur pied la veille. Elle fit un tas grossier des plantes qu'elle venait de recueillir et les enfonça dans le ventre de David de sorte que celui-ci n'eut d'autre choix que de les tenir à pleines mains comme s'il venait d'attraper un ballon lancé à pleine vitesse. J'ignorais que ma mère était aussi vive. À sa place, je crois que j'aurais tourné en rond comme un chien fou sans prendre la moindre décision tellement la voix de mon père à cette heure-là me fit l'effet d'un coup de massue en pleine tête. Ma mère me traîna jusqu'au potager et me força à m'accroupir. Elle prit un pan de son sari, le ramena sur son visage pour en couvrir la moitié et retint le bout de tissu avec ses dents. Elle se mit au travail furieusement et je tentai de l'imiter.

Mon père l'appela. Elle me fit signe de rester là et elle rentra dans la maison. Je jetai un coup d'œil au débarras, à la porte en tôle simplement appuyée et je me dis que ça devait être un effort surhumain pour David de rester coincé là, le moindre petit mouvement menaçant de faire tomber l'amas d'outils, de bois, et d'objets inutiles trouvés par-ci par-là et que les pauvres comme nous ne peuvent s'empêcher d'amasser.

J'entendis ma mère dire « derrière » et je fis semblant de travailler la terre et là une voix s'éleva.

– C'est toi, Raj ?

C'était un des policiers de la prison. Il était habillé de bleu, il avait gardé la casquette et vu de si près, dans notre potager, il avait l'air d'un géant. Sa matraque était luisante et épaisse. Il me regardait avec insistance et j'acquiesçai de la tête.

– Viens là.

La peur me grignotait le ventre à toute vitesse, évidemment il était là pour David, ils avaient découvert ma planque à côté des barbelés, ils savaient tout et au moment où j'allais m'effondrer, il pointa ma lèvre avec son doigt épais.

– Qu'est-ce que tu as là ?

J'avais la lèvre supérieure éclatée et ma mère avait appliqué une pâte jaune par-dessus. C'est mon père qui répondit.

– Il est tombé, chef.

Sa voix était celle que j'avais entendue à la prison, une voix de femme, mince comme un filet, hésitante. Le policier se tourna vers mon père brusquement et aboya.

– Tombé ? Comme l'autre fois ? Tu me prends pour qui, gardien ?

Mon père baissa les yeux, il ramena ses deux mains sur son ventre et il tremblait. Ce n'est certes pas agréable d'être rabroué devant sa famille, mais, pour mon père, c'était dramatique ! J'ai pensé à ce moment-là qu'il nous le ferait payer très cher. Le géant s'accroupit et même dans cette position, il restait plus grand que moi, terriblement impressionnant. Est-ce qu'il avait une femme et un fils qu'il terrorisait la nuit, avec ses mains larges comme des assiettes et ses bras plus épais que mes cuisses ?

– Bon, petit. Tu étais à l'hôpital il y a un mois, tu t'en souviens ?

– Oui, monsieur.

– Tu t'es fait un ami, n'est-ce pas ? David, le petit David.

– Oui, monsieur.

– Bien, bien, tu es un bon petit. Gardien ! Tu as un petit garçon bien gentil, là, tu sais ?

– Oui, chef.

– Hmm. Dis-moi, Raj, il ne serait pas venu te voir, David, ces derniers jours ?

– Non, monsieur.

– Tu es sûr ? Tu n'es pas allé te promener du côté de la prison, il y a deux jours ?

– Non, monsieur.

Le géant se leva, fit quelques pas autour du potager.

– Quel cyclone, hein ? Je vois que vous avez bien travaillé. Qu'est-ce que vous plantez, là ? Hein, petit, est-ce que tu sais ?

– Oui, monsieur. Il y a deux rangées de tomates, on a planté hier des pommes de terre et des oignons. Après, il faut demander à ma mère.

– Et vous, madame, vous n'avez rien vu ?

– Il y a aussi des haricots verts, des betteraves, mais en petite quantité.

– Je vous demandais si vous n'aviez pas vu un petit garçon ici ces jours-ci.

– Non, monsieur, avec ce cyclone, on a fait que nettoyer et replanter.

Je revois ma mère, un pan de son sari cachant son œil tuméfié et j'entends sa voix ferme. Cette femme, toujours timide et toujours apeurée, a menti ce jour-là avec un aplomb que je ne lui soupçonnais pas. Mon père qui terrorisait sa famille tous les jours de sa vie, qui lançait ses pieds et ses mains sur nous, qui soufflait nos corps avec sa voix puissante de bourreau, ce père-là se tenait à côté d'elle, ramassé sur lui-même, les yeux dans les savates. Comment ma mère a trouvé cette force-là ?

Le policier a jeté un coup d'œil vers le débarras et je priais pour que David ne fasse aucun bruit. J'ai regardé ma mère à ce moment-là, elle a tourné la tête vers moi et mon père nous a surpris. Son visage s'est figé, il a lentement dirigé son regard vers le débarras et j'étais persuadé qu'il pouvait voir à travers les feuilles de tôle tellement ses yeux grandissaient, grandissaient jusqu'à ce que j'aie l'impression qu'ils allaient bondir de leurs orbites. Il respirait de plus en plus fort, sa chemise se soulevait et retombait rapidement, son visage perlait et ses poings se fermaient.

Il savait. Il allait nous le faire payer très cher.

Le policier observait la forêt et il s'est adressé à moi :

– Tu n'as pas peur ici, Raj ?

– Non, monsieur.

– C'est bien, c'est bien. Tu pourrais être policier un jour si tu n'as pas peur. Les policiers n'ont jamais peur. N'est-ce pas gardien ?

Mon père a acquiescé en éclatant d'un rire haut perché que le policier a arrêté net, en un coup d'œil. Cette scène m'est revenue souvent dans ma vie, quand je voyais mon père saoul, violent. Comme j'ai souhaité pouvoir faire cela, arrêter les gestes de mon père d'un regard et par ma seule présence le réduire à un poltron qui rit comme une femme.

Le policier a salué ma mère en touchant sa casquette et puis, comme ça, sans s'adresser à l'un de nous en particulier, il a dit, d'une voix forte et claire.

– Ce petit garçon est malade. Il doit rentrer pour se faire soigner.

Nous avons attendu un long moment après leur départ pour libérer David. Les plantes étaient toujours dans ses mains et il était livide. Ma mère l'a soulevé et il est resté droit, le corps figé tel un tronc d'arbre. Elle l'a examiné comme elle le faisait avec moi. Je pensais qu'elle allait me questionner, me gronder mais non, elle s'est agenouillée devant David et lui demanda :

– Où est-ce que tu es malade ?

Ma mère posait ses mains à différents endroits de son corps, la base du cou, le creux des côtes, le cœur, l'aine, le poignet, le haut de la tête et évidemment, elle s'en est allée dans la cuisine mélanger je ne sais quelles feuilles et racines pilées qu'elle a par la suite arrosées d'eau. David a avalé cette mixture épaisse en grimaçant. Je n'arrêtais pas de penser au visage de mon père et c'est là, à ce moment précis, où David est assis, hébété, les membres engourdis, où ma mère est également assise par terre, le bol vide et marqué d'une strie verte sur les bords laissée par la décoction, c'est à ce moment-là que j'ai décidé de m'enfuir avec David. Ma mère ne disait rien, elle savait tout et elle ne savait rien à la fois. Nous étions, d'une certaine façon, piégés et par ma faute. Mon père allait rentrer, ce soir-là, il fouillerait la maison, le débarras, trouverait David, il le ramènerait, je serais de nouveau seul, il me frapperait jusqu'à ce que je demande pardon, il me ferait tout payer, la mort de mes frères, la honte d'être appelé « gardien » devant nous, l'humiliation de nous avoir dévoilé le visage de l'employé affable, obséquieux et sans importance qu'il était à la prison, il me ferait payer sa vie de misère.

C'est David qui parla et me sortit de l'étourdissement dans lequel j'étais. Il disait, doucement, calmement qu'il allait rentrer, maintenant, car, là-bas, à la prison, ils attendaient le départ vers Eretz. Ma mère répéta en fronçant les sourcils Eretz ? David fit alors un geste très curieux. Il enfonça deux doigts dans le sol et, les ramenant couverts de terre sur sa poitrine, là où battait son cœur, il dit Eretz. Ma mère se mit à pleurer doucement parce qu'elle avait probablement compris, elle, que c'était de la terre promise qu'il parlait. Je me demande si c'était un geste que les Juifs de Beau-Bassin faisaient régulièrement, quand l'espoir leur manquait, en attendant Eretz.

Si ma mère avait su exactement ce dont il s'agissait, je veux dire la guerre, l'extermination des Juifs, les pogroms, si elle avait su tout cela, si elle avait été une personne instruite, une femme du monde lisant les journaux et écoutant la radio, si elle avait été ce genre de femme-là, aurait-elle laissé partir David ? Et si moi j'avais su ce que David avait enduré pendant quatre ans, qu'aurais-je fait, moi ? Je sais que ma mère et moi, nous ne vivions pas en Europe, que nous ne savions pas ce qui se passait, mais alors beaucoup de gens ont dit cela : je ne savais pas ce qui se passait. Est-ce que ma mère aurait dû se poser des questions ? Et mon père dans tout ça ? Il n'était rien, qu'un gardien de prison, mais il était le premier à sauter sur la grille quand la sonnerie retentissait, il était celui qui se montrait le plus zélé quand il fallait presser les prisonniers pour rejoindre leurs quartiers... Ces questions me hantent à un point qui m'étourdit et je sais que je n'aurai jamais de réponses.

Ma mère a préparé un sac avec du riz, des fruits verts à laisser mûrir, de l'eau, une bouteille remplie d'une mixture verte qu'elle a fait promettre à David de boire en moins de trois jours en lui disant que c'était bon pour la malaria. Comment avait-elle su ? Rien qu'en posant ses mains sur lui, en le regardant manger ?

Moi, je me suis préparé en cachette. J'ai pris mon sac d'école en toile, j'y ai glissé trois shorts, trois chemises, un vieux drap, mon cahier, ma gomme, mon crayon, un couteau de cuisine, un bout du savon de mon père. Tandis que ma mère donnait des instructions avec beaucoup de gestes et que David écoutait avec une attention d'ange, je sortis et déposai mon sac sous un arbre, à la lisière de la forêt.

J'allai m'asseoir près du potager et j'inspirai à pleins poumons la forêt, son odeur verte et retournée, sa force à peine renaissante après le cyclone, renversant ma tête pour ouvrir ma poitrine et il me sembla alors aspirer également le ciel, sa plaine bleue et sans nuages. Je redressai mon dos et laissai mes yeux se poser sur la touffeur floue de la forêt, je me souviens de ce moment-là comme de celui d'une concentration intense, comme je n'en avais jamais connu, un recentrage de mon esprit autour d'un seul axe : la fugue. Peut-être que, comme je l'ai lu dans un livre plus tard, pour la première fois je fixai la ligne de mon destin.

Quand ma mère et David sortirent de la maison, je me sentais prêt, prêt pour ne pas pleurer devant ma mère que je quittais pour la première fois, et que je reviendrais chercher – j'en étais sûr, comme si c'était aussi facile que caler son écriture dans un cahier à lignes serrées –, j'étais prêt à partir avec David vers ce que je connaissais le plus, ce qui m'était le plus familier à neuf ans bien qu'il m'ait tout pris : le camp de Mapou.

11

Je cours avec beaucoup de difficulté. Je suis dans un bois et il fait aussi sombre que dans une pièce fermée, un blockhaus sans lumière, une tombe peut-être. Mais je cours, j'avance et je sais que je suis dans une forêt, je sens l'odeur de la terre, l'âpreté des feuilles pourrissantes dans le noir, la sève qui coule son parfum sucré jusque dans l'amer de l'écorce. Mes pieds ne foulent rien, je ne suis qu'un nez, un énorme nez qui aspire toute l'odeur de la forêt et c'est lui qui me dirige et j'évite de heurter les arbres et ce bois est immense, je cours je cours je cours, on me poursuit, je le sais mais je ne sais pas qui me poursuit, je le sais tout simplement sans me retourner, et soudain je suis caché dans un arbre, comment j'y suis monté si vite, allez savoir, mais j'y suis et c'est un arbre si grand, si immense que je dois me pencher pour voir le sol et je les vois courir enfin, des dizaines, des centaines, des milliers de policiers, ils défilent sous moi rapidement, ils sont si petits vus de si haut mais je me fige quand même, je ne veux pas qu'ils me voient, qu'ils me sentent, qu'ils m'entendent. Ils passent à toute vitesse et malgré leur uniforme, leur casquette, leur matraque, ils ressemblent à des fourmis. Je ne bouge pas, je suis patient, et je suis sauvé.

C'est un rêve que j'ai souvent fait et au réveil, la sensation de la victoire m'accompagnait pendant un moment, les odeurs de la forêt persistaient et pourtant, tel un mauvais goût qui subsiste dans la gorge, me revenait la tristesse amère de l'illusion.

Je ne me souviens pas d'avoir parlé à David de mon plan quand nous sommes rentrés dans la forêt et il me semble, c'est une pensée naïve je sais, qu'il m'a accompagné sans que j'aie à lui expliquer quoi que ce soit. Ce n'est sûrement pas la vérité mais voilà ce que dit ma mémoire, voilà ce qui reste après soixante ans et peut-être est-ce pour me persuader que je ne l'ai pas forcé à me suivre. Peut-être est-ce ma seule excuse.

J'étais rempli d'espoir, je voulais un frère, deux frères, une famille comme avant, des jeux comme avant, je voulais être protégé comme avant, je voulais retrouver ces ombres au coin de l'œil qui vous font savoir que vous n'êtes pas seul. Je luttais désespérément contre tout ce qui m'éloignait de l'enfance, refusant la mort, refusant le chagrin, refusant la séparation et David était la réponse à tout.

Mon idée, c'était d'aller d'abord à l'école et de récupérer la carte du pays, celle où Mademoiselle Elsa m'avait montré Mapou en faisant tourner ses doigts. Les classes n'avaient pas encore repris depuis le passage du cyclone. Quand nous sommes arrivés dans la cour, j'ai cru m'être trompé de chemin. Les deux bâtiments en tôle et en bois s'étaient étalés en un fatras noir, tel un château de cartes soufflé. Les chaises et les tables déchiquetées, l'herbe où les enfants jouaient était devenue un tapis sale et brun, dans un coin de la cour, une sorte de mare s'était formée, constellée de moustiques et régulièrement elle se ridait de ronds. Le porte-drapeau en fer était, lui, debout et flottait, déchiqueté, l'étendard anglais devant lequel chaque matin, nous chantions « *God save the Queen* » et parfois, quand il y avait une cérémonie, nous entonnions « *Rule Britannia* » sans en comprendre un traître mot.

C'est curieux la mémoire, dès que je vois un drapeau anglais flotter, même à la télé, l'hymne se met en route dans ma tête et je n'y peux rien. Ma tête recrache les mots, ça m'énerve gentiment, j'ai envie de débrancher la cassette là, en haut dans ma vieille tête, mais c'est comme ça, soixante années, un pays indépendant, un nouveau drapeau, un nouvel hymne et je reste au fond un chien de Pavlov.

Je me souviens que nous avons regardé les lanières de couleur battre le fer en claquant bruyamment alors que tout autour de nous, il y avait le silence impressionnant de mon école détruite. Soudain nous avons entendu des voix et je ne saurais dire pourquoi nous avons détalé, des voleurs surpris n'auraient pas fait mieux. David était devant moi, ses jambes tonnaient sur le sol et je suivais ses cheveux blonds qui tremblaient. Je m'étonnais de sa vigueur, il fuyait comme un dératé, le corps de guingois, les bras brassant l'air, on aurait dit qu'il nageait et moi, derrière, avec mes jambes agiles de singe, j'essayais vainement de le rattraper et bientôt moi aussi je fendais l'air de mes deux bras, moi aussi je lançais les jambes dans tous les sens, de loin nous devions ressembler à deux clowns se pourchassant. Quand il s'est retourné tout en continuant sa course folle et qu'il m'a regardé, gesticulant comme lui, un fou rire nous a submergés. Nous avons plongé dans la forêt, vers le village et là, nous avons laissé nos rires exploser dans la touffeur des arbres jusqu'à en avoir mal au ventre. Rien n'était drôle dans cette situation, absolument rien. Nous étions deux fugueurs complètement inconscients dans une île ravagée par le cyclone, nous étions deux enfants du malheur accolés l'un à l'autre par miracle, par accident que sais-je, je me croyais capable de le sauver de la prison, de le garder auprès de moi comme on garde un frère aimé, je pensais pouvoir effacer un peu le chagrin de ma mère en lui amenant un autre fils, je pensais que ce genre de choses était possible si on aimait vraiment, j'étais assez idiot pour croire que si Dieu enlevait ceux qu'on aime sans raison, il offrait autre chose pour compenser. Et cette autre chose, c'était David, évidemment. Malgré tout ce que nous avions vécu, il nous restait assez d'innocence et de naïveté – n'est-ce pas là l'enchantement et le drame de l'enfance? – pour rire de rien.

J'ai retrouvé, à un moment dans ma vie, le nom du cyclone, mais je ne m'en souviens plus aujourd'hui, quelque chose comme Cindy ou Célia, un prénom féminin en tout cas. J'avais trouvé cela par hasard dans un journal de 1945 aux archives où j'aime aller régulièrement. Voilà une autre de mes manies, fouiller dans les vieux papiers. Quand j'ai accompagné mon fils en Europe dans l'un de ses voyages d'affaires, j'ai fait le tour des archives au lieu de visiter les villes. J'en avais des sueurs froides d'excitation à l'avance, mais les archives de la Marine à Vincennes, du Foreign Office à Londres et celles à Amsterdam m'ont déçu. C'est parce que je suis un vieil idiot habitué au désordre, au fouillis et au micmac qu'il y a chez moi, dans les archives de mon pays. Ici, rien n'est protégé, on vous demande quelques renseignements la première fois qu'on vous voit mais après, on vous fiche la paix, on ne vous remarque plus, vous déambulez dans les couloirs où ça sent le vieux papier, l'encre et la rouille, vous grimpez comme vous pouvez et vous tirez d'une pile le dossier qui vous intéresse. On peut même vous y enfermer si vous ne faites pas attention. Une fois, j'ai vu toute une famille de souris dans un coin, je me suis précipité pour le signaler au fonctionnaire assis à l'entrée et celui-ci, sans quitter son journal des yeux, m'a répondu d'une voix traînante et amusée : des souris ? Vraiment, m'sieur ? Où ça ?

C'est vrai, je suis d'accord avec tous ces gens qui crient au scandale depuis quelques années, la mémoire de notre pays s'en va, disent-ils, avec de tels incompétents aux archives, mais quand je suis allé dans ces bureaux blancs et crème et beiges et que je devais remplir une fiche pour dire exactement ce que je recherchais – ce que je ne sais pas d'avance, j'aime fouiller, découvrir, explorer –, pourquoi je cherchais cela spécifiquement – j'étais paralysé par cette question –, et quand enfin j'ai pu répondre à toutes leurs questions, une machine avec un bras automatisé a récupéré mon document, Dieu sait où, dans un endroit où il n'y a pas de famille de souris c'est certain, à ce moment-là, j'ai regretté les archives de mon pays. Je pouvais observer ce bras géant à travers une vitre et j'avais l'impression d'être dans un zoo en train d'observer un animal dangereux pour l'homme. Ensuite, quand je me suis assis avec ce carton et ces feuilles bien photocopiées, bien protégées, sans odeur, sans rien, l'envie m'est passée. Je sais, je suis un vieil idiot, mais il se peut que les archives toutes décaties de mon pays me rassurent et plus je deviens vieux, plus j'aime y aller ! C'est là que j'avais lu l'histoire du cyclone, décrit comme « dévastateur » dans le journal et que j'en avais déduit donc la date de notre fugue : 5 février 1945.

Comme nous n'avions pas d'autre choix que de continuer sans carte, j'ai décidé de rejoindre le village et de me diriger vers le nord à partir de là. J'avais en tête une vague image de cette carte, les points rouges éparpillés çà et là, liés pour certains par des routes (en marron). Tout autour d'eux, des montagnes (en noir), des rivières (en blanc), des carrés de forêts ou des plantations de canne à sucre (en vert), des lacs (en bleu pâle). En tapotant de sa règle en bambou sur la carte, Mademoiselle Elsa disait et voilà notre pays. Et je la croyais. Beau-Bassin était au sud de Mapou ou à peu près et donc il fallait aller au nord. La hauteur vertigineuse des montagnes, le bouillonnement cruel des rivières, l'épaisseur des forêts-pièges et le labyrinthe des champs de canne, la profondeur des lacs et la sinuosité des routes, tout cela n'était pas indiqué sur la carte. Mon pays était une étendue sans relief, accessible et colorée pour plaire aux enfants. David et moi n'aurions qu'à suivre une route marron et, avec de la chance, nous pourrions monter dans un train ou à l'arrière d'une charrue. Et je n'aurais pas peur à Mapou et si la tristesse me prenait devant notre camp, le petit bois et le ruissellement de notre cours d'eau et enfin, son léger goût sucré, j'aurais David à mes côtés et bientôt, ma mère. Quand je pense aux espoirs que j'avais, je me demande si, finalement, je n'étais pas qu'un enfant stupide. J'avançais avec assurance, j'enjambais, je sautillais, je me suspendais aux branches et je bondissais avec élan, j'encourageais David qui avait une technique bien à lui pour sauter, comme s'il était né champion de saut en longueur. D'abord, il riait, ce qui me faisait rire aussi, il se mettait à courir, mal bien sûr, et alors que tout portait à croire qu'il allait s'écraser minablement, d'un appui ferme, le pied gauche sur le sol, le voilà qui avait décollé, les jambes battant l'air, les bras au-dessus de la tête, heureux, si heureux, volant presque pour atterrir quelques mètres plus loin où d'avance je vérifiais qu'il n'y eût que mousse et terre accueillantes. À chaque clairière que nous traversions, il me faisait son grand numéro et à chaque fois qu'il était en l'air, son visage était tourné vers moi et cela me rappelait mon grand frère Anil qui se retournait vers Vinod et moi dans le petit bois à Mapou, quand on entendait la rivière, et c'était la même tendresse que je lisais sur les traits, la même bienveillance, la même façon de demander est-ce que tu es heureux ? est-ce que ça te fait plaisir ?

Ai-je oublié, dans la forêt, pourquoi nous étions là, David et moi ? Ai-je oublié le policier, sa matraque luisante et sa voix qui cherchait David, ai-je oublié le visage en sueur de mon père, ses yeux injectés de colère quand il nous a regardés, ma mère et moi ? Est-ce qu'il aura suffi de quelques jeux, de cette illusion de liberté de gamins – crier et rire à tue-tête, sauter et grimper partout –, est-ce qu'il aura suffi de cela pour que j'oublie ce que je lui ai promis, pour que je me trompe de chemin ? Car soudain, la forêt s'est arrêtée, sa protection épaisse et verte a cédé et nous nous sommes retrouvés au bord d'un chemin de terre propre et bien tassée, incongru après le cyclone. Je me souviens très bien que le chemin était en contrebas et, poursuivant notre formidable fugue, nous avons sauté à pieds joints du talus, contents, fiers et forts et ce chemin terrible était lisse comme on imagine les voies du paradis, mais il menait tout droit vers une grille fermée avec des cadenas et des chaînes au-dessus de laquelle trônait une enseigne qui, comme le chemin, semblait avoir été épargnée par la tempête, et qui hurlait avec ses caractères épais et bien détachés :

Welcome to the State Prison of Beau-Bassin.

David a lâché un cri – un bris de bonheur, un bris de rêve –, s'est retourné, se jetant contre le talus pour l'escalader, s'agrippant aux racines, branches et tout avait disparu d'un coup, notre joie, notre élan, notre force et notre fierté, et sous ses pieds la terre lâchait prise par mottes entières.

Ce qui se passa après acheva de briser la fragile innocence qui nous entourait depuis le début de la fugue. Je n'arrivais plus à retrouver ma route et j'avais l'impression que la nature, jusque-là endormie, bienveillante, accueillante, se mettait en éveil, en mode défense. Les arbres se serraient les uns contre les autres, la terre se dérobait sous nos pieds, les troncs déracinés nous barraient la route, nous entrions dans des carrés humides, pourrissants, sans lumière, nous nous laissions attirer par des faux sentiers et nous nous retrouvions dans des culs-de-sac, menacés par des arbres tordus où nous devinions, entre les branches et les feuilles emmêlées, des visages de monstres et de diables. Nous nous arrêtions, le corps tremblant et le cœur battant, pour mieux écouter des bruits que nous avions cru entendre. Nous glissions, nous trébuchions, les ronces nous attaquaient, nos sacs qui, avant, restaient bien calés en travers de notre épaule et notre poitrine nous rentraient désormais dans la chair, s'accrochaient aux arbustes et nous tiraient brusquement en arrière. Et par trois fois, nous renaissions d'un espoir fou en découvrant une lisière proche et par trois fois, nous claquait au visage le chemin terrible, lisse et si propre qui menait à la prison. Et à chaque fois, la même vérité : nous étions des mArrOns et désormais, notre place était bien ici.

Quand nous avons enfin retrouvé notre chemin par je ne sais quel miracle et que j'ai vu la grande pierre peinte en blanc qui marquait l'entrée du village, nous n'étions plus que deux animaux apeurés et tremblants. Je me rendais compte que nous n'avions pas avancé, le jour tombait et nous avions pris un après-midi pour parcourir un chemin qui me prenait une demi-heure, chargé d'un ballot de linge !

Pour la première fois, je pensai à rentrer à la maison. Ce qui m'y attendait me semblait moins terrible que ce que j'avais vécu et j'ai cru qu'il en serait de même pour David, à la prison. Cette pensée terrible et honteuse dans ma tête, ces instants où j'ai voulu le ramener, voilà à quoi je dois être confronté et que personne ne s'y trompe. Je n'ai pas voulu sortir David de la prison parce qu'il y était malheureux, non, j'ai voulu le sortir parce que, moi, j'étais malheureux. Quelques heures dans la forêt avaient suffi pour réduire ma générosité à un courage de pacotille.

Juste après la pierre blanche, au sortir du virage, nous allions apercevoir la maison blanche aux dahlias rouges de Madame Ghislaine. Je passai un bras sur les épaules de David – ce tremblement d'animal blessé qui le secouait, ces os qui pointaient comme les miens, comment ai-je pu penser une fois, une seule fois le ramener ?–, pour l'aider à se courber afin de passer devant la haie de bambous de la couturière, mais il n'y avait plus de maison, plus de dahlias, plus de bambous où parfois cette femme qui aimait Jésus fils de Dieu par-dessus tout me montrait des nids de moineaux et leurs œufs constellés de taches brunes, avec la patience et l'admiration d'une personne qui montrerait l'œuvre de Jésus fils de Dieu lui-même. La haie avait été écrasée par un pied géant, de la maison de Madame Ghislaine restaient trois murs en bois. Envolé le toit, envolé l'auvent avec des frises et les colonnes de la véranda où elle m'attendait parfois. Dans la cour, un lit en fer retourné, des vêtements accrochés çà et là, une ou deux casseroles, du bois déchiqueté partout et tandis que je faisais le tour de la maison démembrée, j'ai vu la machine à coudre noire, cassée, pliée au sol.

Tout le village était ainsi, à terre, et j'ai pensé à notre maison minuscule, carrée et enfoncée dans la forêt, qui avait, elle, résisté. Les haies qui protégeaient des regards indiscrets les maisons des villageois, ces arbres qui étaient parfois si chargés de fruits qu'on aurait dit qu'ils se penchaient exagérément pour qu'on les déleste de leur poids, les fleurs, les potagers, l'ombre pour se reposer, la lumière pour sécher le linge, tout avait disparu. Comme dans la cour d'école, la dévastation s'accompagnait d'un silence épais et effrayant. Personne ne pleurait sa maison, ses affaires, il n'y avait que ce ciel grand ouvert et j'ai pensé à ce que nous avait raconté mon père quand il était rentré après la prison, aux gens disparus dont on égrenait les noms à la radio.

Nous trouvâmes un coin, à l'abri du vent. Nous avons partagé du pain, des fruits et David a bu consciencieusement sa mixture verte. Je pensais à ma mère et je devais serrer les dents et emprisonner mes genoux contre ma poitrine pour ne pas courir vers elle. La nuit nous entourait et je perdais mon assurance et ma confiance, la difficulté de la tâche s'étalait devant moi. Le doute, la peur, le manque de ma mère me pesaient et il n'y avait que ma promesse et la présence de David – cette chose indescriptible, un mélange de tendresse, de simplicité et de devoir, oui, quelque part je sentais que j'avais un devoir envers lui, ne l'avais-je pas empêché de sauver son ami, ne l'avais-je pas entraîné chez moi et maintenant, ici, que diraient mes frères s'ils me savaient si lâche? – qui m'en empêchaient encore.

Pourquoi ai-je parlé de Mapou, cette nuit-là? Pour me redonner confiance, pour compenser l'envie d'être parmi les miens? Pour faire oublier à David ce mauvais moment dans la forêt, pour lui promettre du soleil et du ciel bleu? J'ai rempli cette nuit noire avec des mots, avec une histoire et la seule que je connaissais vraiment, c'était celle de Mapou.

Je me souviens que les jambes de David étaient couvertes de griffures de sang séché et qu'il les avait laissées tomber au sol, à plat, même pas la force de les ramener sur sa poitrine. On a porté péniblement ce qui restait du lit en cuivre jusqu'à notre coin afin de nous protéger. Je me souviens de la machine à coudre, de la façon dont elle était retournée, cassée, pliée. Je me souviens de cette cour autrefois, toujours si bien tenue, ces dahlias éclatants dont il ne restait qu'un tas de boue. Et ce silence, différent de celui qui régnait dans la forêt. Dans la forêt, c'est un silence presque animal, où la nature est en attente, prête à bondir, un silence épais fendillé par des craquements, des bruissements, des présences. Ici, c'était un silence abandonné, il n'y avait que le vent qui soufflait dans les choses inanimées.

D'abord, j'ai parlé des bonnes choses à Mapou – des cannes à sucre qu'on croquait et suçait à l'envi, de la rivière, des mariages qui se déroulaient la nuit tombée et alors, tout le monde allumait des lampes de terre et ça donnait un air de fête au camp, des jeux avec mes frères – mais très vite, il y a eu ce nœud qui se serre se serre et qui monte dans ma gorge, et je ne dis plus rien de gai, de beau, je ne pense qu'à l'orage, à la pluie, au tonnerre et à la rivière qui devient un torrent. Est-ce que je lui ai raconté la peur dans mon ventre, la chemise blanche de mon frère aîné et sa voix qui crie allons-y allons-y allons-y et cette peur qui éclate d'un coup quand la chemise disparaît, que la voix se tait, que la pluie redouble, que le tonnerre roule encore, et est-ce que je lui ai dit comment mon petit frère et moi avons hurlé son nom à lui, le nom de notre frère aîné – ce frère parfait qui aimait un bâton dont le bout était en U, ce frère qui me faisait faire l'avion, dans nos vies nous n'avions vu que très peu d'avions passer au-dessus de nos têtes et alors, tout le monde sortait des cases et nous, les enfants, nous sautions en criant A-VI-ON A-VI-ON, espérions-nous atteindre

l'engin volant rien qu'en sautant comme ça, voilà pourquoi nous aimions tant jouer à l'avion –, et est-ce que
je lui ai dit comment soudain je n'avais plus de frères
et qu'il n'y avait que moi, plus de frère aîné, plus de
petit frère, plus de nous trois, plus de frères tout court,
juste moi, le maillon le plus fragile qui crie Anil,
Vinod, Anil, Vinod, et est-ce que je lui ai parlé du
corps de Vinod, du bâton que j'ai jeté dans l'eau, est-
ce que j'ai pu dire tout ça, du début à la fin, sans rien
manquer, sans rien oublier ?

Et les yeux mouillés de David et ses questions,
David ne comprenait pas, il mélangeait tout, il disait
un seul corps, deux frères, pourquoi juste le bâton, et
pas lui pas ton frère, pourquoi ne l'a-t-on pas retrouvé
peut-être qu'il est encore vivant ton frère aîné, a-t-il vraiment dit cela, David, lui qui avait tout perdu et qui
avait vu ce qu'il avait perdu il avait vu les corps raides
qui ne bougent plus il avait ces images-là dans sa tête
il savait ce que c'était la mort il la côtoyait depuis
quatre ans mais mon frère à moi mon grand frère
dont je n'avais vu que le bâton mais le bâton ce n'était
pas lui n'est-ce pas et si ton frère est encore vivant est-
ce que David a vraiment dit ces mots-là et si ton frère
est encore vivant ces mots qui m'ont ouvert le cœur
et la tête j'avais l'impression que le soleil venait d'y
rentrer et si ton frère est encore vivant et si ton frère

est encore vivant ces mots qui m'ont fait bondir des mots qui m'ont fait pleurer car voilà j'en étais persuadé et j'avais dévoilé le dessein de Dieu qui fait comme ma mère me l'avait dit et répété des choses qui nous semblent injustes et incompréhensibles mais qui ont un but et je l'avais compris ce but et tout était clair dans ma tête Dieu avait mis David sur ma route et la prison et le policier et le cyclone pour m'obliger à rentrer à Mapou car là-bas mon frère m'attendait évidemment nous étions partis si vite comment il aurait pu nous savoir ici et tout ceci avait enfin un sens attends que ma mère entende ça Anil encore vivant mon frère aîné celui qui retenait la tête de ma mère quand elle tombait et qui acceptait les coups à ma place et si ton frère est encore vivant ces mots m'ont rendu triste et euphorique à la fois car il en faut peu pour que l'on croie que les morts peuvent revenir il ne suffit pas d'être un enfant pour cela il suffit d'être très malheureux et à ce moment-là dans cette nuit noire et opaque au milieu des débris de la maison de Madame Ghislaine tandis que le vent hululait et alors qu'un instant avant j'avais peur de ce village mort de ce village fantôme mon courage est revenu la détermination pulsait à nouveau dans mes veines la joie prochaine de retrouver Anil sifflait dans mes oreilles et je serais fort David dans mes bras je sautais je criais et

il faisait pareil David il sautait avec ses jambes de
champion de saut en longueur ses jambes griffées mar-
quées par la forêt et il se mit à chanter dans sa langue
un chant de bonheur où il frappait des mains et je
me souviens que je n'étais jamais dans le rythme
j'avais un temps de retard et mes mains claquaient
alors qu'il avait déjà terminé le refrain mais David ne
m'en tenait pas rigueur il fermait les yeux et on aurait
dit que cette chanson cette mélodie cette prière dans
cette langue où je ne retenais que les chuintements et
les mots qui finissaient par *shem* venait de loin et
quand il fermait les yeux comme cela il devenait quelqu'un d'autre un garçon venu de loin un garçon qui se
souvient de ce qu'il a été et tandis qu'il me tenait les
deux mains et que nous tournions à nous deux une
ronde de bonheur je me demande s'il savait pourquoi
j'étais tout à coup heureux excité impatient énergique
comment j'étais passé d'un coup de l'abattement au
sursaut ce soir-là car si j'avais pu courir jusqu'à Mapou
en le portant sur mes épaules je l'aurais fait qu'en a-t-il
pensé vraiment David je crois qu'il se contentait d'être
ici, là, maintenant et de me faire plaisir, de me suivre,
de faire comme moi, non pas de m'imiter mais
d'apprendre de moi alors que Dieu sait que je n'avais
rien à donner que c'est triste à neuf ans de n'avoir rien
à offrir et lui qui me regardait avec ses grands yeux

changeants de vert en gris m'accompagnant dans mon bonheur fragile et fou ses yeux qui attendaient tant de moi qu'ai-je fait mon Dieu qu'ai-je fait de cet espoir-là qu'ai-je fait ?

12

Je pensais qu'à mon grand âge je regarderais ma vie avec indulgence, car je sais que regretter ne sert à rien, qu'il faut beaucoup de chance pour accomplir ses rêves, que la meilleure façon de vivre est de faire du mieux qu'on peut à chaque instant, et qu'il y a tellement de choses qui se font sans nous quand bien même nous passons notre temps à courir comme des fous, à croire que nous pouvons y changer quoi que ce soit. Mais quand je me souviens de ces jours d'été 1945, quand je parle de David, mon cœur est lourd, ma tête fourmille et je voudrais pleurer tellement les regrets m'assaillent.

J'aurais tellement voulu que David ait eu la chance de grandir et de vieillir comme moi. J'aurais voulu qu'il raconte, lui, son histoire, avec ses mots et les choses que lui seul a pu voir. Il dirait des choses comme : *De l'autre côté des barbelés, j'ai vu un garçon sombre aux cheveux noirs. Il pleurait comme moi et les feuilles lui collaient au* visage et on aurait pu croire que c'était un animal. Il était à moitié enfoncé dans la terre, ce garçon à la peau sombre, je ne voyais que sa tête, ses yeux noirs comme des billes de jeu et si ce n'étaient ses pleurs, il m'aurait fait peur avec sa tête de sauvage.

Il dirait, peut-être, aussi : *Raj m'a appris à grimper aux arbres, à courir de telle façon que mes pieds ne touchent pas terre (ou alors à peine), il m'avait dit de courir pour courir, d'oublier son corps et sa tête et juste de sentir l'air qui frappe le visage et la vitesse qu'on prend à mesure qu'on oublie ses jambes et qu'on regarde droit devant et qu'on rit.*

Est-ce qu'il pensait que j'allais le conduire à Eretz ? Est-ce qu'il pensait que nous allions dans un endroit où nous aurions pu être heureux ou alors – quelle terrifiante question, à mon âge – faisait-il ce chemin pour moi, uniquement ? De sa vie de reclus, de Juif déporté, d'orphelin, de prisonnier, d'enfant sans enfance, d'enfant qui connaît trop bien et de trop près la mort, David avait, je crois, appris à ne plus être, à oublier qu'il avait un cœur qui pouvait faire autre chose que pleurer, des bras, des jambes pour courir et un visage si tendre qu'on ne pouvait faire autre chose que le chérir. Il avait oublié cela, oublié qu'il était fait de chair et de sang, oublié qu'il avait la possibilité de grandir et d'être un homme. Ah, j'ai l'air fin de raconter tout cela aujourd'hui, de dire tout cela, de parler de lui comme cela, comme si j'avais une quelconque légitimité à parler de ces choses innommables, qu'est-ce que je sais moi de ce qu'il pouvait ressentir, qu'est-ce que je sais moi de la déportation et des pogroms, qu'est-ce que je sais moi de la prison? Pauvre vieux que je suis!

Est-ce que j'ai chaviré à l'instant? Mon fils est là, m'aidant à me relever, ramassant ma canne, me soutenant le bras. Il me parle, mais je l'entends à peine, je le vois à peine. Il m'amène à un banc, sous un badamier, à quelques mètres de David, je résiste et mon fils me dit repose-toi un peu, le soleil tape, tu y retourneras dans un moment. Sa voix est si tendre pour moi et je cède. L'ombre me fait du bien, il me tend une bouteille d'eau fraîche et s'assied à côté de moi. Il me demande si je connaissais personnellement quelqu'un enterré ici et j'acquiesce. Je ne quitte pas des yeux la tombe de David et c'est peut-être pour cela que mon fils respecte mon silence et ne me dit plus rien.

Il est trop tard maintenant, soixante ans trop tard pour s'apercevoir, devant sa tombe, que David avait oublié d'être lui, qu'il avait cessé d'être un petit garçon et que tout ce qu'il faisait, c'était pour moi, pour vivre un peu à travers moi, car à force de se voir voler sa vie, il ne savait pas faire autre chose. Pendant ces quelques jours passés ensemble, l'ai-je aidé à se retrouver? Non. Car le lendemain matin, c'était de mon histoire qu'il s'agissait.

C'était mon frère que j'allais retrouver, c'était cette urgence-là qui comptait et non plus le fait que David s'était échappé de la prison, que je l'avais bâillonné avec mon poignet quand il avait voulu aider un ami, que je l'avais emmené chez moi, que j'avais fait naître en lui un espoir de vie libre, que j'avais nourri tout seul l'idée de cette fugue et que je lui avais imposée. C'était mon bonheur qui était en jeu. J'espère qu'il me pardonnera cette indécence.

Mes souvenirs fermentent depuis si longtemps, et parfois je doute d'eux. Il y a des images si fortes, et j'ai l'impression de les avoir vues hier matin. Je repense à notre longue marche du lendemain, au chemin de terre qui longeait la forêt et auquel on s'accrochait pour ne pas rentrer dans le bois, pas encore, ce chemin de terre sale, la boue épaisse à la surface craquelée qui s'était formée de chaque côté, les branches, les feuilles, les oiseaux morts, comme si une partie de la forêt était venue expirer ici, son dernier souffle désormais étalé sous nos pas, et nous qui marchions comme des enfants sages, bien calés à gauche, alors que nous aurions pu faire de ce chemin notre territoire de jeu, notre monde à nous, le piétiner, le retourner mais non, nous marchions sur une ligne imaginaire comme des soldats. Devant et derrière nous, le même paysage filait à l'infini. Une bande de nature morte. Parfois je croyais voir un fruit épargné, je me baissais, le ramassais, l'examinais, mais je finissais par le jeter car mangues, litchis, papayes, longanes, tous ces fruits d'été avaient été fauchés en pleine maturation et ils n'étaient que peaux pourrissantes, boules gluantes, dégoulinantes et puantes. Je montrai à David comment tester la qualité d'un fruit, renifler une mangue à la base, rouler un litchi dans sa main, presser un longane entre le pouce et l'index pour vérifier la souplesse de la peau. Il m'écoutait, appliquait avec sérieux mes indications, puis il lançait son bras en arrière et jetait le fruit encore plus loin que moi, une façon peut-être, encore une fois, de me dire combien il était avec moi, combien il était d'accord.

– Écoute.

C'était David qui avait murmuré cela et je m'arrêtai, tendis l'oreille. Plus loin, une rumeur. Des conversations étouffées, des injonctions à travailler plus vite, à aller à gauche, à droite, à s'arrêter. Je pris la main de David et nous continuâmes à marcher, toute notre attention désormais sur la rumeur et j'ai pensé à une ville avec des calèches. Mais c'est une maison que nous avons trouvée en travers de notre route. Elle était blanche, immense, faite de briques dont on voyait les jointures. Je n'en avais jamais vu de semblable. Les maisons des patrons à Mapou n'étaient pas si imposantes. Je me souviens que j'ai commencé à compter les fenêtres et il y en avait le même nombre à chaque façade. Le chemin de terre s'arrêtait à une cinquantaine de mètres de la maison et des pavés tapissaient la voie. Deux chevaux tiraient des troncs d'arbres, des fagots de bambous, de feuillages et de branches et ils avançaient doucement en faisant claquer leurs sabots lourds tandis qu'un très vieil homme habillé comme ceux du camp de Mapou, un bout de tissu autour des reins, veillait à ce que le chargement ne se détache pas. Tout autour de la maison, des hommes creusaient des tranchées pour replanter de hauts bambous. La terre et la boue sorties des tranchées étaient tassées dans des paniers en osier et deux gamins pas plus hauts que nous les portaient jusqu'à une charrue, et la boue qui dégoulinait des tresses d'osier marquait leurs jambes. Des femmes sortaient de la maison régulièrement et lançaient des seaux d'eau dans la cour et ça faisait des gerbes marron.

Je ne sais pas qui nous a remarqués en premier. Les hommes ont cessé de piocher, les femmes ont posé les seaux, mis les mains sur leurs hanches, les deux gamins ont posé leur panier et le vieux a arrêté de surveiller le chargement. Seul un cheval continuait à faire tonner ses sabots.

Un jeune homme habillé à l'anglaise, pantalon de toile, chemise, veste et chaussures brillantes de vernis noir, est apparu. C'était un métis aux yeux bleus et à l'époque, pour moi, sur terre, il y avait les Blancs, les Noirs, les

Indiens. Mais cet homme à la peau cuivrée, aux yeux ciel, aux cheveux or et crépus, ce mélange ambulant m'avait fait l'effet d'un extraterrestre. Il s'approcha de nous et je vis qu'il tenait une paire de gants dans la main gauche. Il nous regarda attentivement et étouffa un rire. Je n'ai jamais su pourquoi. Était-ce notre accoutrement d'écoliers sages avec nos shorts bleus, nos chemises blanches et nos sacs en travers de l'épaule, étaient-ce nos visages griffés, nos mines de sauvages, ou était-ce la façon dont on se tenait la main, fermement, sans trembler ?

À ma grande surprise, il nous proposa du travail. Il s'adressa à David, en français, en disant qu'il y aurait trois pièces et à manger si on donnait un coup de main et c'est moi qui répondis. Le métis fixait toujours David, qui ne broncha pas. Ne jamais refuser du travail, disent nos aînés, jamais.

– Oui, nous voulons bien travailler.

Nous avons posé nos sacs sous la véranda, sur une chaise longue, et nous avons porté les paniers en osier. Les hommes qui tassaient la boue et la terre dans les paniers nous ont regardés avec compassion. Au début, ils n'ont pas rempli les paniers à ras bord comme pour les autres garçons et pourtant jamais je n'aurais pensé que la terre et la boue pouvaient peser si lourd. Un des garçons nous montra comment caler le panier sur sa hanche, mais cela n'avait rien à voir avec le poids d'un seau d'eau ou d'un ballot de vêtements. La pâte dégoulinait le long de la jambe, les tiges s'échappaient des tresses d'osier pour rentrer dans la chair, le panier glissait, chutait sur nos pieds, éclatant toute sa boue sur nous. Alors, tout comme quand la première fois où j'ai aperçu David à travers les barbelés, nous nous sommes regardés et nous nous sommes compris sans énoncer un mot, nous avons fait ce travail à deux, prenant chaque côté d'un panier, avançant comme des crabes, en biais, balançant le chargement pour prendre de l'élan et jeter la boue sur la charrue. Tout le monde nous fixait curieusement, comme si jamais l'idée de s'unir et de regrouper leurs forces ne leur était venue à l'esprit.

Après une vingtaine de paniers, on nous offrit le déjeuner. Du pain tartiné de margarine, des sardines à l'huile, des bananes et de l'eau sucrée dans des vrais verres. C'était la première fois que je vivais quelque chose comme cela. Tous les travailleurs, enfants et adultes, étaient assis dans un coin, qui sur un rocher, qui sur ses talons, qui à même le pavé. Nous mangions en silence, dans un respect total pour notre faim, nos muscles endoloris et notre labeur. Peut-être avais-je l'impression fugace d'être un homme, d'avoir travaillé et d'avoir mérité mon repas. Je me sentis plus fort, plus en confiance. Je pensais pouvoir garder un bout de pain, mais j'avais trop faim et David également. Quand il eut fini son repas, David se dirigea vers la véranda pour prendre son médicament dans le sac et j'avais le dos tourné, me lovant encore dans cette communauté nouvelle, cette virilité de travailleurs, mais je l'entendis courir sur les pavés.

– Raj Raj Raj.

Je connaissais ce ton de voix de David, c'était le ton qu'il avait le jour où on m'avait retiré de l'hôpital. Je me levai brusquement et vis une voiture noire, longue et luisante s'approcher de la maison. Un homme dit :

– Attention, le patron !

Évidemment que je connaissais cette grande voiture. Elle était souvent dans la cour de la prison, elle était dehors quand les Juifs manifestaient, c'était celle du directeur. David courait avec nos deux sacs et quand il arriva à ma hauteur, je me mis à courir aussi. Un des travailleurs, un homme sans visage, sans voix, à qui nous n'avions pas adressé la parole, lança ses deux mains et essaya d'attraper David. Il ne put mettre la main que sur un sac, coupa David dans son élan, je me souviens du corps de David qui bondit en arrière, sa bouche qui fait O, ses yeux exorbités. Et moi, je reviens, je saisis David par un bras et je tire en hurlant. Pourquoi est-ce que je crie comme cela ? David s'étrangle avec la lanière du sac et j'essaie de le libérer, l'homme continue à le retenir, il a sur le visage un rictus que je prends pour un sourire et cela m'est insupportable et je deviens un monstre tout à coup, qui dit des jurons inavouables que je ne comprends même pas, qui écorchent ma langue et ma gorge, que j'ai entendus au camp, il y a longtemps, que mon père dit quand il sort de la forêt complètement saoul et qu'il s'apprête à battre sa femme et son fils, je lance ces choses honteuses à cet homme qui retient David et qui écarquille les yeux face à mon langage et là, à ce moment-là, je ne suis plus un enfant, j'abandonne à ces pavés boueux le petit Raj rêveur et naïf. C'est triste et difficile à dire, mais je suis bien, à ce moment-là, le fils de mon père.

La voiture s'arrête, la portière s'ouvre et fait éclater le soleil sur sa peau noire, la lanière du sac craque, la bouteille contenant le médicament de David que ma mère avait préparé avec ses doigts de fée et ses herbes miracles se fracasse, crachant en forme d'étoile ses bouts de verre et sa mixture verte sur les pavés et nous courons, nous courons, nous courons, poursuivis par les cris du métis. Il hurle nos noms et cela nous fait tellement peur que nous plongeons à nouveau dans la forêt et, dans un froissement de feuilles, elle referme son épaisseur derrière nous.

13

Pareils aux animaux, la fuite aiguisait nos sens. Je voyais tout, repérais de loin là où il fallait bondir, quand il fallait se baisser, anticipais le virage à gauche, j'accélérais au bon moment et, comme un sprinter, prenais de l'élan, enjambais, surtout ne jamais s'arrêter, jamais. J'entendais David derrière moi et nous reproduisions les mêmes gestes qui donnaient les mêmes sons jusque dans nos souffles rapides et haletants. Une branche craquait à mon passage, une poignée de secondes plus tard, elle re-craquait au passage de David ; nous traversions un sol couvert de mousse et sous nos savates, le même bruit étouffé. Plus que jamais, David était mon ombre, l'écho de mes moindres mouvements, mon miroir tantôt réconfortant tantôt insoutenable, et ainsi, je ne pouvais me dérober à ma responsabilité, à mes décisions, jusqu'à la plus petite, la plus infime, la plus insignifiante. Tout ce que je faisais s'imprimait deux fois dans ma mémoire. Quand nous avons entendu le bruit sourd de l'eau, nous avons à peine ralenti, nous nous sommes juste dirigés vers elle, sans nous poser de question, sans penser à autre chose. Nous nous sommes jetés dans cette eau sale, lourde et brouillée. Elle charriait tout ce qui n'avait pas résisté au cyclone mais nous avons bu goulûment, en fermant les yeux.

Il faut me pardonner. Ces choses-là, surtout celles qui vont suivre, sont restées en moi si longtemps. Elles ont macéré parmi d'autres souvenirs et c'est maintenant ou jamais le moment de les dire, je ne peux pas encore une fois me dérober, j'ai peur, j'ai soixante-dix ans et j'ai peur de ma mémoire! Je voudrais dire *exactement* ce qui s'est passé, c'est le moins que je puisse faire pour David, je voudrais dire l'important, je voudrais le mettre, enfin, lui, au centre de cette histoire, qu'il soit un individu, qu'il ait la place de dire son chagrin, sa douleur, mais il ne parlait pas de ces choses-là, David, il n'avait pas appris à penser à lui, à dire comme moi j'ai pu le faire : mes frères me manquent, j'ai froid dans la forêt, j'ai peur, je veux rentrer chez ma mère.

Je n'avais pas compris cela à l'époque, il était pour moi un compagnon formidable, j'admirais sa présence tranquille, sa force insoupçonnée, je me disais qu'il était plus courageux que moi, qu'il était de la trempe de mes frères, cette façon de faire exactement ce que j'attendais de lui, cette façon de se sacrifier pour moi, de ne pas me décevoir. Pas un instant je n'ai imaginé qu'il n'avait tout simplement jamais appris à penser à lui et qu'il avait été soufflé par tant de morts, par tant de malheur, que son corps, son cœur, sa tête n'existaient plus. Il traversait la vie comme s'il savait que ce qui était arrivé aux siens le rattraperait, il chantait ses chansons apprises je ne sais où, j'aime à croire que c'est sa mère qui lui a mis ces mots-là dans la bouche, il parlait parfois à toute vitesse et maintenant je comprends qu'il s'accrochait à sa langue maternelle, le yiddish, parce que c'est tout ce qui lui restait. Sa langue était une sorte de musique pour moi et, dans la forêt, il avait chanté quand la nuit tombait, comme faisaient certains dans la prison, le soir, ils chantaient pour se libérer de cette île qu'ils détestaient, ce pays qui serait à jamais pour eux une prison.

Je me souviens que j'avais commandé un jour un de ces livres d'apprentissage de la langue, *Le Yiddish de poche*, ça s'appelait. J'avais vu dans un magazine un formulaire de commande et, sans vraiment réfléchir, j'avais envoyé un bon. J'ai attendu deux mois et quand enfin le paquet est arrivé, je l'ai posé sur la table de la cuisine sans pouvoir l'ouvrir tellement mes mains tremblaient. J'avais l'impression que ce paquet contenait un peu de David, de mon enfance, de ces jours d'été où parfois, quand David essayait de me dire quelque chose en vain, il s'agaçait et sa première langue revenait dans sa bouche. C'est ma femme qui a défait le paquet pour moi et elle me l'a mis entre les mains. C'était un petit livre et ça m'a déçu. Le paquet semblait grand car il était tapissé de papier-bulle. J'ai porté le livre à mon cœur et avec une grande inspiration, j'ai ouvert les dernières pages d'abord, comme ces gens qui commencent par lire la fin des livres car ils ne supportent pas l'attente. Il y avait un lexique français-yiddish. J'ai cherché les mots « frère », « faim », « mère » et ma vue s'est brouillée de larmes. J'ai refermé le livre pour ne plus jamais l'ouvrir, car j'essayais de lire à haute voix et ce chuintement, sortant de ma bouche, frappait contre ma mémoire et cela m'a été insupportablement triste.

De cette rivière il me semble que je n'ai retenu que la couleur brune enragée et, malgré cela, cette incroyable sensation de douceur quand elle a coulé en nous pour étancher notre soif. Nous avons suivi le cours de ce ruisseau pendant un moment et quand j'ai été sûr qu'autour de nous il n'y avait qu'un rideau de silence, que nous ne serions pas rattrapés par le métis, nous nous sommes arrêtés.

C'est surprenant comment le corps peut se transformer soudain en ennemi qu'il faut combattre, calmer. N'étions-nous pas en train de courir un instant avant, de fuir en pleine possession de nos moyens, notre corps nous obéissant comme un esclave ? Ah, ce fourmillement d'abord, cet élancement le long des jambes qui vous donne l'impression qu'on vous arrache une veine, ces genoux faibles, tremblants, qui vous font tomber à terre, ce souffle qui racle, qui ne vient pas, qu'on cherche en ouvrant désespérément la bouche, le visage tourné vers le ciel, le goût de sang sur la langue, cette impression que le cœur avait tellement grandi qu'il battait non plus dans la poitrine uniquement mais dans le ventre, dans le dos, les épaules, la tête, les oreilles. La terre montait un peu à droite et nous avons préféré prendre un chemin qui sillonnait dans les arbres plutôt que de descendre avec la rivière. Nous avons trouvé un coin d'herbe et de feuilles quelques mètres plus loin et de là, les bouillons de l'eau étaient une rumeur agréable et nous nous sommes affalés de fatigue.

Je me souviens de l'odeur de cette terre qui avait trop bu l'eau du ciel, des feuilles qui pourrissaient et qui transpiraient une odeur âcre, je me rappelle le bleu opaque du ciel que l'on voyait à travers les feuilles des arbres, je revois l'ombre qui jouait sur David allongé sur le dos, la bouche ouverte, et si je me concentrais sur sa poitrine, je pouvais voir le tremblement régulier de son cœur sur sa chemise. Mon corps était lourd, fatigué et j'avais l'impression qu'il rentrait dans la terre aussi lentement et sûrement que dans les sables mouvants.

Dire *exactement*. Quand je me suis réveillé, rien n'avait bougé, le motif vert et bleu au-dessus de ma tête, la rivière au loin, l'humidité du sol, la douce chaleur d'un réveil tranquille après un repos mérité. Il y avait juste une légère odeur aigre qui se mélangeait désormais à celle de la terre imbibée d'eau. Toujours allongé, j'ai tourné la tête à droite, là où David dormait. Il n'y était plus. Comment dire *exactement* le choc que j'ai eu ? Mon cœur qui sort de ma poitrine et se cogne contre mes côtes, voilà l'impression que ça donne. Mon corps entier qui se cabre, se lève et qui hurle David !

À sa place, il y avait une traînée de vomi. *Exactement*, n'est-ce pas ? Sur les feuilles, David avait rendu tout ce qu'il avait avalé après le travail chez le directeur, le pain, la banane, les sardines et je m'étais aperçu qu'il mangeait sans mâcher grand-chose et ça me fait tellement de peine d'y penser, David avalait comme un gamin affamé.

J'ai dévalé la pente en hurlant son nom et c'est comme si je revivais ma vie à l'infini, comme si c'était là mon destin, rester en arrière tandis que les autres disparaissent et cela me faisait hurler encore plus, de terreur, de colère. David était plus bas, penché au-dessus du cours d'eau et je me suis jeté sur lui, je l'ai embrassé, je l'ai serré dans mes bras et j'ai senti sa peau brûlante. Il me semblait qu'il avait encore maigri depuis tout à l'heure, mais c'était peut-être son regard qui faisait cela. Il me fixait comme s'il sortait d'un rêve et se demandait qui j'étais. Je l'ai soutenu jusqu'au coin où on avait dormi et j'ai attrapé mon sac. Sur le tas de vomi, désormais, une nuée de mouches bourdonnait et David détourna la tête. J'avais encore le cœur qui battait, mais je n'avais plus peur. J'avais retrouvé David.

Nous avons marché jusqu'à un muret en pierres si blanches qu'on aurait dit qu'elles étaient faites avec du sable. Nous avons tourné à gauche, car dans l'autre direction la forêt s'épaississait. La terre devenait caillouteuse et je ressentais la morsure des pierres sous mes savates. David était derrière moi, une main sur le muret, l'autre sur les reins, mais il ne se plaignait pas. Quand la forêt s'est ouverte et que le muret s'est arrêté, une grande plaine s'est déroulée devant nous. Elle était verte, épaisse et, avec le soir qui tombait, elle semblait foncer encore. Un peu à droite, une ville et j'ai regardé David en la lui montrant du doigt. Je ne savais pas où on était, on avait tellement couru dans tous les sens mais la vue de cette ville, ces maisons et cette route qui coupait la plaine en deux m'avaient rassuré. Demain, nous irions là-bas, demain, nous nous débrouillerions mieux. Demain, nous trouverions la route vers Mapou. Le ciel avait rosi dans le crépuscule. La plaine ne semblait porter aucun stigmate de cyclone. Elle était calme, tel un gros animal tapi dans le silence et nous sommes restés un moment en silence, au bord de cette colline escarpée.

Ensuite, nous avons enjambé le muret et à notre grande surprise, nous nous sommes retrouvés dans une sorte de verger. Sous un camphrier, j'ai nettoyé la terre du mieux que j'ai pu et j'y ai installé David. Il s'est appuyé contre le tronc et il a fermé les yeux. J'ai sorti du sac un short et une chemise propres que j'ai déposés à côté de lui avant de partir chercher à manger. C'était un assez beau verger, il y avait plus loin des petits ravenalas, à peine plus hauts que moi, plantés en ligne droite, des ananas par-ci par-là, quelques goyaviers de Chine, des arbres à pain et des cactus géants au pied desquels pourrissaient des fleurs rouges. Je ramenai deux ananas et quelques goyaves vertes, je remplis ma bouteille en récoltant l'eau amassée entre les feuilles de ravenalas. David s'était changé à mon retour et il avait essayé d'enterrer ses vêtements souillés à côté de lui. Je fis celui qui n'avait rien vu.

David n'avait pas dit un mot depuis la rivière, ses yeux se voilaient de gris et il tremblait de fièvre. Quand il essayait de se lever, la douleur le faisait grimacer. Je lui massai les jambes en reproduisant les mêmes gestes que ma mère et sous mes mains, sa peau était flasque et tremblante. Ce n'était rien, une fièvre, combien de fois avais-je été au lit fiévreux, tremblant et me voilà, non ? Je disais cela à David, tout en massant ses jambes et la plante de ses pieds. Ce soir-là, David but de l'eau mais ne mangea rien. Quand la nuit tomba complètement, nous nous couvrîmes avec le drap que j'avais emporté. Nous étions assis, les genoux ramenés contre nos poitrines, le dos contre le camphrier qui, maintenant le soleil parti, exhalait toute son odeur sucrée, la fine couverture remontée jusqu'aux épaules. Le ciel était un tapis d'étoiles et je me sentais en sécurité ici. C'est cette nuit-là que David chanta et aujourd'hui que je suis à l'hiver de ma vie, que je peux regarder en toute honnêteté ce que j'ai fait, ce qui m'est arrivé et ce que j'ai mérité ou pas, je peux dire que, pour moi, ce chant-là est une des choses les plus magnifiques que j'aie entendues.

À l'hôpital de la prison, j'entendais ces mêmes complaintes en yiddish et il me semblait qu'elles sortaient des cœurs à la même heure, quand tout est éteint et que règnent les étoiles, quand les Juifs étaient seuls et qu'ils ne pouvaient faire autrement que regarder leur vie en face et s'accrocher à ce qu'ils avaient été dans le passé. Quelqu'un commençait le chant et les autres l'accompagnaient, jamais très fort, jamais à tue-tête, jamais pour tonner quoi que ce soit, juste un murmure entre les lèvres, une caresse sur la langue, un chant nu effleurant la gorge et, à part cela, à part cette musique-là qui flottait sur la prison et sur ses murs sales et ignobles, rien ne bougeait et c'était comme un secret qu'ils se partageaient et qui les liait, de note en note, de refrain en refrain. J'étais étonné que même les plus faibles d'entre les faibles chantent, du fond de leur lit, mais après tout, peut-être que c'étaient eux, les plus malades, qui en avaient surtout besoin.

La petite voix de David montait le long du camphrier, ses mots yiddish emplissaient une nature tropicale, sa chanson juive enveloppait la forêt et m'enveloppait, moi, le petit Raj. Sa voix était si sereine, les mots s'enchaînaient naturellement les uns aux autres et ce chapelet rentrait en moi pour trouver mon cœur et m'unissait au monde autour de moi, comme si jusque-là, je lui avais été étranger. Cette plainte semblait exacerber la beauté de la nature, et, oserai-je le dire dans ces souvenirs, dans ces événements terribles et barbares, j'avais l'impression que cette plainte disait la beauté de la vie. Même si je n'en comprenais pas un mot, les larmes me montèrent aux yeux et plus que tout, plus que ces jours passés ensemble, plus que notre escapade même, c'est ce moment-là qui serra à jamais le nœud qui nous unissait.

14

Nous passons notre temps à essayer de lire les lignes de la nature. Je crois que de tout temps les hommes ont été comme cela, à guetter des réponses, des signes, des avertissements, des punitions et des récompenses qui viendraient de l'au-delà. Quand je me réveillai le lendemain, le ciel s'ouvrait d'un bleu pâle et presque laiteux au-dessus de nous, la rosée étincelait sur les branches, les oiseaux étaient revenus et piaillaient dans le verger, une lumière blonde tel un halo nous entourait d'une douce chaleur et il me semblait que le chant de David m'avait accompagné dans mon sommeil, dans mes rêves, et qu'il avait créé ce matin merveilleux. David était à ma droite et son silence disait qu'il contemplait comme moi, qu'il absorbait la fraîcheur et les promesses de cette aube nouvelle. Je me rappelai la vallée et la ville plus bas et je me sentais prêt pour cette journée de marche, ce matin merveilleux n'était-il pas le signe du renouveau pour nous ? Si seulement j'avais eu le moindre pressentiment de la journée terrible que nous allions vivre, si seulement j'avais eu le moindre avertissement – un corbeau perché au-dessus de nous, un nuage noir balafrant le ciel, un sanglier sauvage grognant entre les arbres, un vent mauvais qui aurait effacé toutes les étoiles brillantes de la rosée –, j'aurais trouvé une cachette, creusé à mains nues une tranchée, et David à mes côtés, je me serais recroquevillé, roulé en boule et caché en silence, comme avant, j'aurais espéré, en priant, que le malheur passe et qu'il ne nous voie pas. Mais il n'y a rien eu de tout cela, le ciel est resté pur, les oiseaux ont virevolté dans les arbres, les feuilles ont bruissé sous la petite brise et faisaient trembler la lumière. Je pensai tout à coup à ma mère et mon cœur se referma de douleur comme une feuille de sensitive sous le toucher. Pendant ces jours-là, je me suis forcé à dompter les pensées qui s'approchaient trop de ma mère. Je savais que penser à elle voudrait dire penser à mon père, à ce dont il était capable, à ce qui se passait dans notre maison enfoncée dans les bois depuis que j'avais fugué et emmené David avec moi. David ou ma mère. David ou le retour à la maison.

Je me persuadais et me répétais à longueur de journée que j'arriverais à Mapou, qu'Anil y serait et que ma mère nous rejoindrait, que David serait un frère pour nous, un fils pour ma mère et que nous serions trois frères à nouveau, que les choses iraient mieux. Je sais maintenant que ce scénario était ridicule, qu'il tenait à quelques mots de David que j'avais cru entendre parce que le cœur souhaite des miracles et pourtant, il n'y avait rien de plus vrai et tangible pour moi pendant ces heures de fuite.

Pour me débarrasser de la pensée de ma mère et du manque que je ressentais, je me suis levé brusquement et une raideur terrible fusa le long de mon dos et de ma nuque. Ce n'était pas vraiment une douleur, il me semblait qu'on m'avait attaché un tronc sur le dos et que je m'étais levé avec ce poids-là. Cela me coupa le souffle et je retombai sur mes genoux. David s'était levé aussi mais il restait le dos appuyé contre l'arbre, les lèvres blanches et vidées de leur sang, ses yeux brillants me regardaient à terre et il tendait le bras vers moi. Je ne sais pas si c'était un appel au secours ou s'il voulait me retenir. Je pris de longues minutes avant de me redresser et je fis quelques pas pour essayer de décoincer l'arrière de mon corps. J'inspirais de grandes bouffées, je faisais des mouvements avec les bras et après un moment, le poids s'allégea, sans vraiment disparaître. Nous mangeâmes quelques tranches d'ananas et nous bûmes de l'eau. Mon sac à nouveau rempli d'une bouteille d'eau fraîche et de quelques fruits, nous avons commencé notre descente vers la vallée.

David marchait péniblement, mais il avançait. Je trouvai un bâton pas loin du verger et David s'en servit comme d'une canne. Je me suis dit que c'était peut-être une branche de camphrier comme celui d'Anil et ça m'a fait plaisir comme un encouragement, un autre signe que mon frère nous attendait, que cette journée allait bien se passer.

La route vers la vallée était interminable. Pourtant, c'était cette direction-là, nous ne pouvions nous tromper. Nous glissions sur les caillasses, plus affûtées que la veille, plus nombreuses, était-ce possible ? Il me semble que nous avons marché une heure avant de voir la vallée et, à ce moment-là, je devais lutter contre l'envie de m'étendre, de poser un peu l'enclume qui s'étalait sur mon dos, écrasait ma nuque et enfermait ma tête dans un étau.

La ville m'apparut assez proche et nous prîmes sans nous arrêter le sentier qui serpentait dans la vallée, à droite. David respirait difficilement, il était brûlant et, avec la transpiration, ses cheveux avaient l'air moins blonds, plaqués contre son front et son crâne. Depuis la veille au soir, je lui posais la même question : Tu vas bien ? Tu vas bien ? Tu vas bien ? Parfois il disait oui, parfois il hochait la tête, parfois il se contentait de sourire mais là, juste avant de descendre vers la ville, il a secoué la tête, lentement de gauche à droite, de droite à gauche.

– Non.

Il avait du mal à garder les yeux ouverts, comme si la lumière du jour le gênait. C'est à ce moment que j'ai commencé à avoir peur. Je n'ai plus rien dit, nous avons marché bras dessus bras dessous jusqu'à ce que le chemin devienne plat et moins rocailleux. Il était légèrement en pente et mon corps de plomb faisait mentir mes souvenirs : non, je ne pouvais pas avoir été ce gamin rapide et souple qui aimait particulièrement les descentes où si l'on accélère comme il faut et qu'on regarde toujours devant soi pour repérer les obstacles, on se sent pousser des ailes. J'avais enroulé mon bras autour de celui de David. Je sentais un frémissement régulier sous sa peau et cela m'impressionnait beaucoup plus qu'un tremblement net. Il me sembla bien loin le temps où David prenait son élan et sautait dans les airs en battant des jambes comme un champion. Je revoyais son visage en plein saut, ce visage qui ne regardait que moi et je compris alors, au fond de moi-même, que ce genre de joie simple et sans histoires était terminé pour nous.

Je vais essayer de décrire exactement l'endroit où on s'est arrêtés. C'est important, car c'est l'endroit où David a fermé les yeux. Je ne sais pas s'il est mort là ou plus tard sur mon dos. Je ne sais pas et, à vrai dire, je ne veux pas savoir car certaines choses sont si douloureuses qu'il vaut mieux les laisser en paix. Et même quand on est vieux comme moi, quand on sait la somme de chagrin que toute une vie vous déverse et qu'on a assez de rides et de souvenirs flous pour croire qu'on peut désormais tout entendre, oui même maintenant je ne veux pas savoir.

Nous n'avions pas fait beaucoup de chemin, c'est certain, mais c'était comme entrer dans un monde parallèle, si différent de celui où nous étions avant. Il y avait de grands arbres avec des troncs immenses et des racines qui sortaient de terre jusqu'à former des buttes couvertes de mousse. Sur certains troncs poussait de la fougère longue, verte et souple. La lumière perçait à travers le feuillage épais et tombait comme des lames autour de nous. Nous entendions quelque part l'eau qui dévalait avec un bruit cristallin comme si elle coulait sur un lit de galets propres et bien polis. Son bouillonnement clair entourait cet endroit, et c'est peut-être pour cela que ces arbres grands et lourds, que ces racines exposées telles des excroissances surnaturelles et ces fougères poussant sur les écorces ne nous ont pas fait peur. David s'approcha d'un arbre, frotta une fougère entre les doigts, passa lentement la main sur l'écorce humide pour finalement appuyer tout son corps contre l'arbre, comme s'il le serrait dans ses bras. Je n'avais jamais vu personne agir ainsi et pourtant, je ne fis pas le moindre bruit, le moindre mouvement, car je craignais de briser quelque chose de sacré. Je le regar-

dai, ses bras autour du tronc, ses jambes pâles et trem-
blantes qui sortaient comme deux tuyaux blêmes du
short bleu, sa peau blanche contre l'écorce brune et ses
cheveux blonds qui se mélangeaient à la fougère. Quand
il eut fini, il reprit le bâton qu'il avait appuyé contre
l'arbre et se dirigea lentement vers moi, en boitant.
J'aurais tout donné pour qu'il lâche ce bâton, qu'il coure
comme avant, de guingois, et que ses cheveux blonds
bondissent sur sa tête. Il me sourit, en soulevant un coin
des lèvres d'abord, en penchant un peu la tête et, je ne
sais pas pourquoi, cela m'a rempli d'une tristesse infinie
et j'ai regardé ailleurs pour qu'il ne voie pas les larmes sur
mes joues.

Nous étions épuisés. J'avais mal partout et un goût de
plâtre dans la bouche. Nous nous sommes assis au creux
d'un arbre. Les racines faisaient un V au pied de l'arbre
et elles étaient si épaisses et hautes qu'on pouvait s'y
appuyer. David a posé sa tête sur mon épaule, comme
dans la prison le soir. Je me souviens que mes jambes
étaient lourdes, que ma tête pulsait d'une douleur de
plus en plus forte, mais je me rappelle le silence et le
sentiment de paix incroyable que celui-ci nous a pro-
curé. J'ai lissé régulièrement ses cheveux blonds du plat
de ma main car je savais que ça soulageait ce geste-là.
Ma mère le faisait avec nous à Mapou, Anil le faisait
avec moi quand j'étais malade et terrassé par la toux.

J'aurais aimé dire que David m'a parlé, j'aurais aimé dire qu'il a chanté encore une fois, j'aurais aimé dire qu'il m'a serré fort dans ses bras une dernière fois, j'aurais aimé dire que j'ai senti quelque chose, un soupir, un mot, une respiration plus longue qu'une autre, n'importe quoi qui m'aurait fait comprendre que le moment était venu, mais non, je n'ai rien senti. J'ai lissé ses cheveux longuement, ma main m'élançait, mais je n'ai pas arrêté avant qu'il ne ferme les yeux. Est-ce qu'il est mort, là, sous ma main, sur mon épaule? Est-ce que j'ai cru qu'il s'endormait mais qu'en vérité, il s'en allait?

Quand je me suis réveillé, j'ai eu du mal à réaliser où j'étais. Il faisait presque frais et je sentais les boucles de David sur mon cou, son poids sur mon épaule et l'eau qui coulait quelque part. J'ai dégagé mon épaule le plus délicatement possible, en retenant la tête de David et en la reposant contre la racine. J'ai voulu me lever, mais en vain. Mon dos était raide comme du béton, des milliers de fourmis semblaient grimper sur mes jambes. J'ai rampé un moment avant de pouvoir me mettre debout. J'ai fait quelques pas mais à chaque fois que je posais le pied par terre, j'avais l'impression que mes os allaient se désintégrer, que mes jambes ne pourraient pas tenir mon poids longtemps. J'ai marché autour de la clairière du mieux que j'ai pu, pas à pas, espérant que mes muscles se décoinceraient. Mes yeux me brûlaient, je n'avais qu'une envie, m'allonger et dormir, et je me suis dit que j'avais également de la fièvre.

Dire *exactement*. J'ai commencé par l'appeler. Réveille-toi, David, ai-je dit plusieurs fois. Je me suis approché de lui, j'ai dit son nom près de son oreille, je l'ai secoué très doucement mais son corps a glissé et s'est étalé de tout son long. C'est là que j'ai vu sa chaîne avec l'étoile de David par terre. Je l'ai ramassée et mise dans ma poche pour ne pas l'oublier là. C'était un signe, n'est-ce pas, moi qui en cherchais dans le ciel, dans les nuages, dans l'envol des oiseaux, mais je n'ai pas fait attention à ce lien en or défait et jamais je n'aurais pensé garder l'étoile de David pendant soixante ans. Je l'ai appelé et secoué un peu plus énergiquement, mais en vain. Comme un moteur qui se met en marche et qui vrombit de plus en plus fort, je sentais ma peur monter. J'avais du mal à rester debout, mais la peur me faisait oublier ma douleur. J'ai mis de l'eau sur son visage, des gouttes d'abord, mais comme ça ne marchait pas, j'ai déversé toute la bouteille sur sa tête. J'ai arraché une feuille de fougère et j'ai essayé de le réveiller en lui chatouillant les oreilles. Mais il ne bougeait pas. Mes oreilles bourdonnaient, j'ai commencé à crier. David ! Réveille-toi ! J'ai soulevé une de ses paupières et je me souviens de sa pupille verte qui était tout en haut, comme s'il essayait de regarder par-dessus son front. J'ai rapproché mon visage de cette pupille-là en espérant qu'il me voie enfin et qu'il se réveille. Mais il restait immobile.

Alors, pour faire quelque chose, pour occuper mes mains, mon esprit, pour ne pas voir, pour ne pas comprendre, j'ai fait tout ce que j'ai pu pour le réveiller et je le dis aujourd'hui avec beaucoup de peine. J'ai essayé de le mettre debout, de le basculer par-dessus mon épaule, je lui ai crié dessus, j'ai hurlé son nom dans son oreille, je l'ai secoué, j'ai menacé de le laisser là s'il ne se réveillait pas, j'ai passé mes bras sous ses aisselles, je l'ai soulevé, j'ai traîné son corps sur quelques mètres et je me suis retrouvé comme ça, avec son corps immobile, sa tête penchée, ses bras ballants et je n'osais plus bouger. Mais bientôt, mes jambes douloureuses ont commencé à trembler et je ne pensais qu'à une chose, ne pas le lâcher, ne pas le lâcher et mes satanées jambes qui hurlaient, cette saleté de douleur qui me vrillait partout mais je ne l'ai pas lâché, je l'ai tenu fort et même quand mon corps ne m'écoutait plus et que je me suis écroulé à mon tour, je l'ai tenu serré contre moi. Dieu sait comme j'ai manqué de respect à David à ce moment-là, j'aurais dû le laisser en paix, mais j'avais promis de ne pas le lâcher.

Sur le sol, je me suis accroché à lui et j'ai pleuré et j'ai supplié, comme je n'ai jamais eu l'occasion de le faire avec tous ceux que j'ai perdus. Je n'ai pas besoin de m'appesantir sur ce que je disais. Quels que soient le pays, la langue, l'âge, la condition sociale, dans ces moments-là, nous ne disons plus qu'une variante des mêmes phrases et des mêmes mots. *Ne me quitte pas.* J'avais mal partout, ma bouche avait un goût de sang, mais je ne cessais de prier et je le suppliais de se réveiller. Après un moment, j'ai posé sa tête sur mon épaule et j'ai lissé du plat de ma main ses cheveux. Je savais que ça faisait du bien ce geste-là. Mon cœur éclatait de douleur, c'était aussi simple que ça, et j'ai pleuré dans la touffeur des arbres et des fougères, j'ai pleuré comme l'enfant que j'étais.

Je crois que je n'aurais pas bougé, que j'aurais fini par mourir aussi, dans cet endroit sombre et silencieux, s'ils n'étaient pas venus nous chercher.

Quand j'ai entendu les premiers aboiements, au loin, malgré mon corps de plomb, je n'ai pas hésité une seconde. C'est incroyable la force d'un corps acculé. Je me suis retourné de sorte que mon dos épouse la poitrine de David. J'ai saisi ses deux bras, je les ai croisés autour de mon cou et, d'un mouvement sec, je me suis relevé sur mes genoux. J'entendais les chiens qui s'approchaient mais je n'ai pas eu peur. J'ai pensé au ballot de linge et j'ai essayé de bien répartir le poids de David sur mon dos, plutôt vers les épaules que vers les reins, je me suis courbé un peu plus et me suis levé en serrant les dents. J'ai titubé en maintenant fermement ses bras autour de mon cou et j'ai essayé de courir. Je n'y suis pas arrivé mais j'ai avancé, pas à pas. David glissait, je pensais au ballot et je pensais à ma mère et à sa joie de nous revoir, nous deux et elle saurait, elle, les médicaments qu'il faudrait à David, elle saurait, elle, quoi faire, qui invoquer, qui supplier, qui prier. Oui, j'avançais encore une fois vers la maison enfoncée dans la forêt et ma mère irait chercher ses plantes, ses racines et ses feuilles. Mapou n'avait plus d'importance, je n'avais pas pensé une seule fois à Anil, mon âme tout entière était occupée à ramener David à la maison. J'étais courbé, les pieds de David raclaient le sol derrière moi, mais je n'ai pas arrêté de marcher. Je suivais un chemin de mousse et d'ombre et partout, devant moi, sous mes pieds, aux coins de mes yeux, il y avait ces fougères douces et velues. Je disais à David que nous n'allions pas nous séparer, je le lui en faisais encore une fois la promesse. Comme dans la forêt, la première fois qu'il m'avait suivi, j'ai dit ces mots en les détachant bien, en articulant comme si j'étais en classe. Je n'avais pas peur, j'avais atrocement mal mais j'avais le courage fulgurant des enfants peureux et malheureux.

Quand ils sont arrivés devant nous, eux, les géants, les policiers en tenue bleue et noire et blanche et leur matraque luisante et leurs chiens qui bondissaient vers nous comme si nous étions des vOlEurs, des mArrOns et des mÉchAnts, quand ils m'ont vu, avec David sur le dos, est-ce vrai que j'ai crié et hurlé comme une bête féroce ainsi que me l'a maintes fois raconté ma mère ? Est-ce vrai qu'ils ont dû s'y mettre à deux pour m'arracher David des mains ? Ou est-ce que j'ai vacillé et pleuré toutes les larmes de mon corps, comme je le fais maintenant, soixante ans plus tard, sur sa tombe ?

15

Quand les policiers nous ont retrouvés dans la forêt, David et moi étions seulement à une heure de marche de la prison. Trois jours, trois jours pour tourner autour de Beau-Bassin, voilà ce que nous avions fait. David était mort et moi, j'avais la poliomyélite. Ils n'ont pas ramené son corps à la prison, ils l'ont enterré ici, à Saint-Martin, au cimetière juif. La prison de Beau-Bassin était en quarantaine, car l'épidémie de polio sévissait dans toute l'île. Les policiers voulaient m'envoyer à l'hôpital du Nord, mais ma mère a supplié et ils ont été contents de me rendre. C'est ma mère qui m'a raconté tout cela. Ma mémoire s'est arrêtée dans cette clairière boisée et fraîche, tandis que parmi les fougères et l'ombre je portais le corps de David et je hurlais.

Ma mère m'a massé pendant deux mois avec des herbes, des huiles et je ne sais quoi d'autre. Elle m'a fait boire des décoctions et des tisanes. Dès le lever du soleil, elle créait ses mélanges d'huiles et d'herbes dans son bol en cuivre étamé et un de mes premiers souvenirs après David est le cliquetis régulier de la cuillère qui battait le fond du récipient. Au mois de mai 1945, trois infirmiers en blouse blanche sont venus me chercher. Ils passaient de village en village et emmenaient les enfants qui avaient survécu à la polio afin de leur installer un appareil orthopédique aux pieds. Ma mère m'a caché dans le débarras, là où nous avions caché David, et elle a fait semblant de ne pas comprendre. Ils sont revenus le lendemain et puis, après, ils ont laissé tomber, pourquoi insister auprès d'une pauvre famille?

Je suis resté une année entière à la maison, allongé une grande partie de la journée, pleurant parfois pendant des heures. Mon père ne m'a plus adressé la parole. C'est quelque chose que peu de gens peuvent croire et pourtant, jusqu'à sa mort en 1960, il ne m'a jamais plus parlé. Quand il avait quelque chose à me communiquer, il passait par ma mère. Le directeur de la prison l'avait renvoyé lorsqu'on avait retrouvé David avec moi et il travaillait désormais comme aide-ferblantier dans un atelier en ville. Quand il rentrait, il traînait une odeur de métal qui faisait grincer les dents. Parfois, il levait la main sur ma mère et de mon lit, je hurlais comme jamais je ne m'en serais cru capable et ce jusqu'à ce qu'il déboule dans la pièce, la main levée, prêt à m'enfoncer ce cri dans la gorge. Mais il ne m'a plus jamais frappé, non plus. Je n'avais que cette parade pour protéger ma mère désormais. Il s'arrêtait en me voyant, je ne sais pas pourquoi je lui faisais cet effet-là depuis ma fugue. Il lançait deux trois jurons, claquait ses mains l'une contre l'autre et il sortait. Ce fut une année atroce pour moi, et je n'ai pas honte de dire que j'ai prié chaque matin que je meure. J'avais dix ans.

Pourtant rien ne m'est arrivé, au contraire, j'ai guéri de la poliomyélite, je ne porte pas d'appareil, malgré mon mollet gauche atrophié et un léger boitement, j'ai pu courir très vite dans ma jeunesse. Je me souviens que dans les années soixante-dix un journal avait publié un article sur l'épidémie de polio de 1945 et m'avait interviewé. Dans l'article, le journaliste parlait de moi comme d'un « miraculé » et je doute qu'il sût à quel point il avait raison.

Aujourd'hui, il m'arrive de croiser des gens de mon âge avec, au pied, cet appareil à talon compensé, noir et monstrueux, et je les regarde avec tendresse et un peu de culpabilité. Je n'ose leur dire que moi aussi j'ai eu la poliomyélite, mais que j'ai eu la chance d'avoir une mère qui m'aimait par-dessus tout au monde et qui était un peu magicienne.

Ma mère ne savait ni lire ni écrire et quand c'était nécessaire, elle appuyait son pouce sans honte sur un tapis d'encre pour signer des papiers. À chaque fois que j'ai l'impression d'être rempli de certitudes, je pense à cela, à cette empreinte bleue, et cela me remet à ma place. Vers la fin de sa vie, cette mère qui ne savait ni lire ni écrire a voulu aller vivre dans une maison de retraite à Albion, sur la côte nord-ouest. C'était un endroit blanc de soleil, éclatant de chaleur et il fallait plisser les yeux pour regarder la mer. Je n'aimais pas l'idée que ma mère vive là, je ne saurais dire pourquoi exactement, peut-être parce qu'elle avait tant insisté pour y aller, peut-être parce qu'elle m'enlevait le seul devoir qui me restait, maintenant que mon fils était grand et que j'étais veuf : m'occuper d'elle, comme elle s'est occupée de moi.

Pour être honnête, c'était un établissement bien agréable. Au milieu des filaos et des grands banians, un toit rouge qu'on voyait de loin, une grande parabole pour regarder une centaine de chaînes de télé, des fleurs partout, un calme où l'on pourrait presque entendre les rayons du soleil chauffer les murs, on aurait dit un hôtel. Ma mère y avait un petit appartement et comme c'était loin de Mapou et de Beau-Bassin ! Je crois qu'elle a beaucoup aimé ce changement-là, cette nouvelle vie avec des amies pour discuter de rien, un pique-nique hebdomadaire organisé à l'autre bout de l'île, des jeux de cartes l'après-midi, des cours de yoga pour les courageux et la télé le soir avant de s'endormir la fenêtre ouverte. Quand je repartais, après chaque visite, je l'embrassais et je la regardais bien dans les yeux en lui demandant si elle voulait revenir à la maison et je me disais que si je voyais le moindre doute passer dans ses yeux, la moindre ombre, je ferais sur-le-champ sa valise. Mais non, elle crochetait son bras dans le mien et elle me poussait, en pouffant de rire, vers la porte. Immanquablement, dans la cour, je me retournais vers son appartement et elle était là, sur son balcon, avec son tout petit sourire, une main en visière, l'autre me faisant des signes, et le cœur me serrait de façon brutale. Je la revoyais dans notre maison de la forêt, les épaules remontées comme préparée à jamais à recevoir des coups, je la revoyais avec ses mixtures, ses potions et ses formules magiques. Je la revoyais tomber, éreintée par mon père, et je ressentais son poids, soudain, dans mes mains. Je la revoyais avec la perruche rouge et j'entendais son éclat de rire devant David. Je repensais à ces longs mois où matin et soir, elle avait massé mes jambes pour me guérir. Et là, ce petit bout de femme souriante au balcon, en plein soleil, c'était elle et à la fois ce n'était pas elle, et, sur le chemin du retour, je finissais toujours par pleurer pour cela, pour l'illusion de cette douceur à la fin, pour ces choses qui viennent beaucoup trop tard pour tout effacer.

Pensait-elle, dans ses dernières années, à la mort

comme moi j'y pense aujourd'hui ? Ce grand tourbillon qui a fait son travail autour de moi, lentement, grignotant bout par bout Anil, Vinod, David, mon père, ma femme, ma mère.

Un jour, je lui ai demandé si elle savait qui étaient les personnes dans la prison de Beau-Bassin. Elle m'a dit que les gens racontaient que c'étaient des immigrants d'Europe et que leur bateau s'était échoué sur l'île, en route vers l'Australie.

— Il ne t'a rien dit d'autre ?

Ce pronom « il » est venu assez tard entre ma mère et moi. Avant, je crois que je disais « père », mais je n'ai jamais dit « papa ».

— Non. Il ne me parlait pas de son travail.

— Tu savais qu'il y avait une guerre en Europe à ce moment-là ?

— Oui, je savais. À Mapou, il y avait des hommes qui s'étaient engagés dans l'armée. On gagnait mieux sa vie avec un fusil qu'avec une serpe à couper les cannes, tu sais. Ils avaient des vêtements, ils avaient de la nourriture et ils envoyaient de l'argent à leur famille.

— Tu savais donc pour la guerre ? Pourquoi tu ne m'en as jamais parlé ?

— Je ne sais pas. Je n'y pensais pas.

J'avais dit ma dernière phrase un peu sèchement mais après j'ai regretté, car évidemment elle pensait à autre chose, à ses deux fils morts, à son mari violent, à son cadet, taciturne et sauvage.

Quand la prison de Beau-Bassin fut vide, quand j'ai enfin repris l'école, je n'ai jamais parlé de David à qui que ce soit. Je n'ai jamais posé de questions, je n'ai jamais raconté ce qui m'était arrivé, je n'ai pas crié de douleur, je me suis relevé et j'ai continué. Quand ma mère m'avait demandé où je comptais aller avec David, j'avais répondu : rejoindre Anil à Mapou. Elle m'avait dit doucement une phrase qu'on dit aux enfants, Anil est au ciel, et elle m'avait fait promettre de ne plus jamais partir comme cela. Je n'ai plus jamais voulu retrouver Anil, car, aussi étrange que cela puisse paraître, maintenant que David était parti, il me semblait qu'Anil était bel et bien mort, aussi.

Quand j'allais à l'école et que je marchais dans la fraîcheur du matin, tandis que sur l'herbe la rosée était brillante et scintillait dans le silence, en moi, le vide bourdonnait. J'ai recommencé à me couler dans des trous, à enfouir mon visage dans la terre, à me camoufler dans les buissons et à grimper dans les branches me cacher. J'allais près de la prison et je restais des heures à surveiller cette cour vide, sale et laissée à l'abandon. Il n'y a que là, dans cet endroit où j'ai vu David pour la première fois, il n'y a que là que je m'autorisais à pleurer. Tout comme la prison de Beau-Bassin désormais, ma vie aussi était vide et j'ai recommencé à parler tout seul, je racontais à mes frères, je racontais à David. Quand je fermais les yeux, Anil, Vinod, David et moi formions une fratrie indivisible et parfois, dans mes rêves, j'avais quelques cheveux blonds.

Le temps passa. Tandis que la forêt s'épaississait à nouveau chaque hiver, que les fruits se gorgeaient de jus chaque été, je grandissais. Parfois, je sortais de la cachette dans l'armoire la chaîne de David. Je la gardais autour de mes doigts comme un chapelet de prière, je fermais les yeux et la certitude de mon amitié avec David me revenait.

En 1950, j'avais quinze ans et j'avais obtenu cette fameuse bourse dont Mademoiselle Elsa avait parlé à ma mère. Depuis une année, je dépassais mon père d'une tête et le matin, je ressentais une sorte de colère rentrée et je ne disais pas un mot à ma mère. Elle tournait autour de moi, ma pauvre mère, préparant mon thé, mon pain, elle était fière de moi, elle n'avait plus si peur, elle me regardait partir et je ne lui jetais pas un regard. En chemin, parfois, je prenais un caillou et je le lançais loin, devant moi ou dans la forêt, et j'en prenais un deuxième, et un troisième et un quatrième et je ne finissais plus d'en jeter, la colère me montant aux yeux, une sorte de cri à chaque lancer, entre le sanglot et le souffle de l'effort, jusqu'à ce qu'il n'y ait plus de cailloux. S'il m'arrivait de ramasser un bâton, n'importe lequel, un geste automatique comme on en fait tous quand on marche, soudain je me souvenais et je brisais le bâton contre un arbre, contre le sol, et je le massacrais, le fracassais jusqu'à ce qu'il ne laisse que des échardes et des marques dans mes mains. À l'école, je jouais des épaules, je ne parlais pas, je faisais peur avec ma façon de crisper la mâchoire et de retenir ma respiration jusqu'à ce que les veines de mon cou et de mon front gonflent. Parfois, mes poings me démangeaient et je les écrasais contre une table, un mur, un tronc d'arbre et, une ou deux fois, contre un visage. Je tassais ma tristesse et mes souvenirs avec cette rage. Quand, à de rares occasions, je réfléchissais à ce que je faisais, à ce que je devenais – cette façon que j'avais de ne plus regarder ma mère, de marcher à grands pas, de tourner la tête vite, d'avoir des gestes brusques, de m'emballer, de serrer les poings, de ne pas parler, de frapper aveuglément – je savais à qui je ressemblais. Et cette pensée-là, cette évidence-là, qu'après tout, je n'étais que le fils de mon père, me donnait des envies de suicide et je regrettais encore une fois que, de tous, de tous ces hommes bons et justes qui sommeillaient en Anil, Vinod et David, c'est moi qui ai survécu. Je suis persuadé que j'aurais fait une bêtise, je ne sais pas quoi, tabasser vraiment quelqu'un, me battre avec mon père, me jeter dans la mer, qu'importe, j'aurais certainement mal tourné comme on dit.

Mais il y eut ce cours d'histoire. J'avais quinze ans et pendant une semaine, de 10 heures à midi, le professeur, un monsieur un peu pédant qui avait un nom de fleur, mais je ne me souviens plus de laquelle, a évoqué la Seconde Guerre mondiale. Nous étions en 1950 et aussi incroyable que cela paraisse aujourd'hui, c'était la première fois que j'en entendais parler. Il avait déroulé une grande carte avec des flèches courbées pour montrer les assauts, les invasions, les débarquements. Puis, il a parlé des Juifs. Comment dire ce qui s'est réveillé en moi quand ce professeur a parlé de pogroms, d'étoiles jaunes, d'extermination, de camps de la mort, de chambres à gaz ? J'étais horrifié par ce que j'apprenais et j'étais en même temps, pour la première fois depuis longtemps, heureux : David était revenu. Je me levais le matin et je pensais à mon ami. Je pensais à la façon dont il faisait des sauts en longueur, à sa démarche de guingois. Ça me rendait triste, mais ça me faisait sourire aussi et j'oubliais de lancer des cailloux, de fracasser des bâtons, de bousculer les élèves. Je repensais à mes nuits à la prison, aux chants de la prison, à ma mère et à la perruche et tous ces souvenirs m'accompagnaient.

J'attendais que le professeur parle enfin de ceux-là, de ceux qui étaient à Beau-Bassin et dont ma mère m'avait dit qu'ils avaient repris un bateau. Et si quelque part, ici même, il y avait ce dont ce professeur avait parlé ? Ces choses horribles, ces cheminées comme à Mapou où à la place des cannes qui crépitaient dans le feu, il y avait des hommes, des femmes et des enfants. Je n'en pouvais plus de rester sur ma chaise à me tortiller. Le vendredi, alors que le professeur annonçait que la semaine suivante, il parlerait de Napoléon Bonaparte, j'ai levé la main. Il faut dire que, dans ces années-là, les élèves prenaient peu la parole, sans qu'on le leur demande.

– Oui ? Raj ?

– Monsieur, est-ce que vous pouvez parler des Juifs qui sont arrivés ici ?

– Pardon ?

– Est-ce que vous pouvez, s'il vous plaît, parler des Juifs qui sont arrivés ici ?

– Mais il n'y a pas eu de Juifs ici. Qu'est-ce qui te prend d'inventer cela ? Tu penses qu'ils sont venus d'Europe à la nage ou quoi ?

Je ne sais pas qui a commencé à rire en premier et après tout, cela n'a pas d'importance. Je me suis rassis tandis que la classe et même le professeur étaient pliés en deux. Que les autres se soient moqués de moi longtemps, que la semaine suivante, le professeur m'ait demandé, à la grande joie de toute la classe, si je croyais que Napoléon était venu sur l'île, tout cela n'avait aucune importance.

Ce qui compte, c'est que ma colère avait disparu, que finalement le petit Raj que j'avais été n'était pas complètement mort et on peut dire ce qu'on veut, croire ce qu'on veut, jamais on ne m'enlèvera la conviction intime que David était en quelque sorte revenu me mettre sur le droit chemin et qu'il a été, toute ma vie, ma part d'ange.

Il m'a fallu attendre 1973 pour savoir comment les Juifs de Beau-Bassin étaient arrivés sur l'île.

J'étais un homme heureux à ce moment-là, en 1973. Après le collège, j'avais suivi une formation de trois ans pour être enseignant. Le petit Raj s'était paisiblement endormi dans mon cœur, j'avais acheté une boîte rouge dans laquelle j'avais mis la chaîne de David et ma femme – la seule à qui j'avais raconté cette histoire – la gardait avec les bijoux qu'elle avait reçus à notre mariage. J'étais jeune et fort en 1973, les années à Mapou et à Beau-Bassin avaient finalement fait de moi, j'espère, un homme juste, honnête et travailleur. Je m'occupais de mon fils, de ma femme et de ma mère, j'avais une petite maison entourée de fleurs et d'arbres fruitiers et quand je rentrais le soir, après avoir enseigné à écrire et à lire à des petits pendant toute la journée, ma famille m'attendait, heureuse de me voir. Que c'était bon cette époque où j'avais le sentiment de servir à quelque chose et que mon amour nourrissait ma maison, ma femme, mon fils, ma mère. À ce moment-là, où j'étais heureux, où j'étais fort et jeune, j'ai craqué comme une branche sèche et bouffée par les mites quand j'ai appris enfin la véritable histoire de David.

Nous vivions dans un petit village à l'est du pays et tous ceux que j'aimais et qui étaient encore en vie m'entouraient et j'avais l'impression que les années de malheur étaient derrière moi. Mon père était mort en 1960 et je me souviens qu'en allumant son bûcher, des larmes avaient roulé sur mes joues et je me suis demandé comment je pouvais pleurer sur quelqu'un qui m'avait tant battu et fait souffrir.

C'était un dimanche et j'aimais beaucoup les dimanches à cette époque. Le matin, nous prenions le petit déjeuner ensemble et nous avions du fromage et de la confiture. Ma femme râpait le fromage et il me semblait que mon fils et moi avions le même âge quand nous regardions ce petit monticule jaune pâle avec des yeux ronds d'envie. Ma mère prenait copeau par copeau, ça me fait encore sourire aujourd'hui et je la revois mettant cérémonieusement chaque bout minuscule de fromage dans sa bouche. Ensuite, tandis que ma femme et ma mère préparaient un déjeuner copieux, j'emmenais mon fils au centre du village, à deux kilomètres, acheter le journal. Ça aussi, c'était quelque chose. Je lui donnais la main en chemin et nos voisins me saluaient bien respectueusement car j'étais un professeur d'école. Nous traversions un champ de canne, suivions une route bordée de flamboyants, passions d'autres maisons pour arriver au centre du village. Là, il y avait un quincaillier, un mécanicien pour vélos et une épicerie qui vendait un peu de tout : tabac, alcool, légumes, conserves, bonbons et le journal. Le patron en commandait dix exemplaires seulement et il les gardait dans une vitrine, bien en évidence, comme si c'étaient des produits de luxe. Mon fils et moi prenions du temps pour arriver jusque-là parce que nous nous arrêtions souvent pour parler à d'autres villageois et, comme à un médecin, tout le monde avait quelque chose à me dire. À la fin de toutes les conversations, avant d'arriver à l'épicerie, on me disait : Vous allez acheter votre journal, n'est-ce pas ?, et au retour, on me disait : Vous avez eu votre journal !

Mon fils choisissait un bonbon, un chewing-gum, un soda et il prenait du temps pour faire son choix et comme on était dimanche, je le laissais faire, je bavardais avec des hommes au comptoir et c'était très agréable. En chemin, je cueillais des fleurs sauvages pour ma femme et je crois bien que dans nos villages j'étais le seul homme à faire cela, dans ces années-là. Quand nous rentrions, le repas était presque prêt, ma femme mettait en rougissant ses fleurs dans un verre – peut-être pensait-elle à ce premier rendez-vous sur le port ? – et nous déjeunions. Je lisais le journal ensuite, sur la chaise longue en osier, sous le grand manguier. Il y avait une atmosphère particulière dans l'air et j'étais heureux d'être en vie. C'est là, sous un manguier, que j'ai vraiment su comment tous ces Juifs étaient arrivés sur l'île. C'était un court article en page 6 et il rendait compte d'une petite cérémonie au cimetière de Saint-Martin.

«Vendredi matin, le cimetière juif de Saint-Martin a connu une agitation inhabituelle. Une délégation d'une dizaine de personnes, venant des États-Unis, s'est recueillie sur les tombes des 127 Juifs morts en exil à Maurice pendant la Seconde Guerre mondiale. Parmi la délégation se trouvent quatre anciens exilés qui, vingt-huit ans après leur départ du pays, remettent le pied sur cette terre qu'ils ont longtemps haïe.

C'est une tranche de l'histoire mondiale qui est, à ce jour, encore méconnue. En effet, malgré son éloignement de l'Europe, l'île Maurice a joué un rôle lors de la Seconde Guerre mondiale. Le 26 décembre 1940, *L'Atlantic* accoste à Port-Louis avec, à son bord, quelque 1500 Juifs.

Parmi eux se trouvent des Autrichiens, des Polonais, des Tchèques qui, dès l'automne 1939, fuient le nazisme. Certains ont embarqué à Bratislava, d'autres à Tulcea, en Roumanie. Tous veulent rejoindre la Palestine, sous mandat britannique. Malheureusement, arrivés au port d'Haïfa et dépourvus de papiers d'immigration en bonne et due forme, ils sont tout simplement considérés comme immigrants illégaux par le British Foreign Office et le British Colonial Office. *L'Atlantic* est refoulé et les Juifs sont déportés à l'île Maurice, alors colonie britannique. Les Juifs sont internés dans la prison de Beau-Bassin jusqu'en août 1945 et au cours de ces quatre années d'exil, 127 d'entre eux mourront et seront inhumés à Saint-Martin.

Au cours de la cérémonie poignante où un petit bouquet de fleurs fut déposé sur chaque tombe, une ancienne exilée, Hannah, née en 1925 à Prague, nous a fait une déclaration, en présence de la délégation et de quelques curieux. "Nous sommes restés quatre ans enfermés à Beau-Bassin et nous ne comprenions pas pourquoi nous étions en prison, dans un pays loin de tout. Personne ne connaissait notre existence, nous étions des pestiférés, notre vie quotidienne était pénible et nous n'avions pas le droit de sortir. Chaque jour, nous ne rêvions que d'une chose : rejoindre Eretz. Quand nous sommes enfin partis en août 1945, j'ai juré, comme beaucoup de détenus, de ne jamais remettre le pied à Maurice. Mais je suis là aujourd'hui et je pense à mes amis de *L'Atlantic* et à tous les Juifs qui n'ont pas eu la chance de survivre comme moi."

La délégation a ensuite été reçue par le ministre des Affaires étrangères qui a assuré les membres de la bonne tenue du cimetière et de la mise sur pied prochaine d'un comité pour la mémoire des Juifs détenus à Maurice. Malheureusement, nous ne connaîtrons pas tous les détails de cet épisode dramatique de l'histoire car les archives du Foreign Office sont encore classées. »

Le sang battait mes tempes de plus en plus fort à mesure que je parcourais l'article. Je me souviens d'avoir enfoui ma tête dans mes mains et d'avoir pleuré comme je n'avais plus pleuré depuis des années. Et quand j'ai voulu me relever de ma chaise longue pour me laver le visage, je me suis affalé comme un tronc abattu dans un cyclone, mon cœur pas assez fort pour porter cette décharge de souvenirs.

À partir de ce moment-là, je n'ai cessé de chercher David dans les livres, les films et les archives pour essayer d'entrevoir un instant comment il a vécu ces années terribles. Une voix, des mots, une émotion qui aurait pu être la sienne, celle d'un enfant embarqué, alors qu'il avait cinq ans, avec ses parents sur un bateau, chargé de réfugiés, en route vers la Palestine. Quand et comment ses parents étaient-ils morts ? Qui l'avait pris dans ses bras pour le réconforter à ce moment-là ? Qui avait veillé sur lui ? Je l'ignore.

Tandis que j'enfonce la boîte rouge qui contient son étoile entre le granit noir de sa tombe et la terre, je revois cet enfant blond, ses sauts en longueur magnifiques, son visage bienveillant qui se découpe contre le ciel et le feuillage des arbres, la perruche rouge sur ses cheveux d'or et je me dis que je raconterai tout à l'heure à mon fils l'histoire de David, pour que lui aussi se souvienne.

COMPOSITION : IGS CHARENTE-PHOTOGRAVURE À L'ISLE-D'ESPAGNAC
IMPRESSION : BRODARD ET TAUPIN À LA FLÈCHE
DÉPÔT LÉGAL : AOÛT 2008. N° 98184 (47931)
IMPRIMÉ EN FRANCE

Collection Points